ARRÊTEZ LA MUSIQUE !

LES ENQUÊTES DE LOGICIELLE

ARRÊTEZ LA MUSIQUE !

CHRISTIAN GRENIER

RAGEOT

Cet ouvrage a été imprimé sur un papier
issu de forêts gérées durablement,
de sources contrôlées.

PEFC™ 10-31-2772
Certifié PEFC
Ce produit est issu de forêts gérées durablement et de sources contrôlées.
pefc-france.org

IMPRIM'VERT®
Votre imprimeur agit pour l'environnement

Couverture de Philippe Munch.

ISBN 978-2-7002-2921-9
ISSN 1766-3016

Meurtre dans la basilique

Le téléphone se mit à sonner mais Logicielle resta sous les draps. Il était plus de vingt-trois heures. Enfin, Max lui faisait signe ! Mais il était hors de question qu'elle décroche tout de suite.

Max l'appelait toujours tard. Une méchante habitude. Depuis plusieurs mois, il lui faisait gentiment la cour. Ce qui, selon son humeur du jour, l'agaçait et la flattait tour à tour. Quand le répondeur se déclencha, elle jugea qu'il était temps de se lever. Max avait besoin de réconfort et, en vérité, elle attendait ce coup de fil.

Dans l'après-midi, un collègue l'avait avertie :

– Logicielle ? Tu devrais aller consoler Maxime ; il vient de faire une grosse connerie. Il a blessé quelqu'un...

Elle avait passé le reste de la journée à tenter de le joindre. Personne. Il boudait. Ou bien il était absent.

« Vous êtes bien chez Laure-Gisèle... » commença le répondeur.

– Max ? Je suis là, ajouta-t-elle très vite d'une voix presque tendre en stoppant l'enregistrement.

La voix sèche du commissaire la faucha en plein élan :

– Logicielle ? C'est Delumeau. Content de vous trouver. On me signale une mort suspecte à la basilique de Saint-Denis. C'est à deux pas de chez vous. Allez donc y faire un saut, voulez-vous ?

Stupéfaite et déçue, elle se rebiffa.

– Écoutez, commissaire, c'est Max qui est de service ce soir et...

– Maxime ? Vous plaisantez ! Une bavure par jour, ça suffit, vous ne trouvez pas ?

Elle joua les innocentes. Histoire d'avoir une autre version des faits.

– Une bavure ? Que s'est-il passé ?

– Vous le saurez assez tôt. Bon, vous y allez, Laure-Gisèle ? Je préviens Waquier, il vous rejoindra.

Delumeau raccrocha. Il avait appelé Logicielle par son vrai prénom, signe qu'il valait mieux obtempérer. Elle rumina sa rancœur en quittant son studio. Une mort suspecte, dans la basilique de Saint-Denis ? Et en fin de soirée ? Si Delumeau avait été coutumier des plaisanteries, elle aurait cru à un canular. Mais avec lui, aucun risque : sourire dans le cadre du travail constituait déjà à ses yeux une faute professionnelle grave.

Logicielle monta dans sa Twingo, mal garée sur un passage pour piétons. La circulation était fluide. À proximité du théâtre Gérard-Philipe, elle s'arrêta à un feu rouge. Tourna machinalement son regard vers les affiches toutes proches. Et comprit aussitôt.

> **Festival de Saint-Denis**
>
> Samedi 26 juin à 21 heures,
> en la basilique de Saint-Denis
>
> **Grand concert**
> **du Nouvel Orchestre Européen**
> sous la direction de Constant Sylvestre
>
> Au programme :
>
> **Mort et Transfiguration**
> de Richard Strauss
> et
> **La Symphonie du sacre**
> de Milan Griocek

Le concert venait d'avoir lieu. Un spectateur avait dû avoir un malaise, mourir dans la salle. Et le médecin appelé en urgence avait préféré contacter la police. Banal. La routine.

Pour rejoindre la basilique au plus vite, elle faillit emprunter la rue de la République transformée en voie piétonnière. Mais après réflexion, elle y renonça. Elle ne voulait pas répéter l'erreur que Max avait commise dans l'après-midi...

Elle croisa bientôt un flot impressionnant de véhicules. Après le concert, les spectateurs avaient regagné les parkings ; à présent, leurs voitures débouchaient en masse de toutes les rues adjacentes. Parvenue à proximité de la basilique, Logicielle se gara en hâte sur le trottoir, près du parvis.

Elle entra sous l'immense nef, espérant y trouver plus de fraîcheur qu'à l'extérieur. Mais la présence récente de la foule et la chaleur des projecteurs avaient rendu l'atmosphère moite et épaisse ; il flottait dans l'air une odeur fade d'encens, de vieille pierre et de mort. Logicielle se demanda pourquoi on utilisait si souvent les édifices religieux en guise de salle de concert.

Elle buta contre un fil électrique, s'y empêtra. Dans l'ombre des travées latérales, plusieurs techniciens étaient occupés à démonter un dispositif d'enregistrement assez lourd : micros suspendus, magnétophones... Elle aperçut plusieurs cantines métalliques sur lesquelles on lisait : *Radio France.*

Elle se dirigea vers le chœur où une trentaine de personnes en habit, sur un vaste podium, formaient une haie recueillie. Sans doute les musiciens de l'orchestre. Tous vêtus en noir et blanc. À croire qu'ils voulaient ressembler au clavier d'un piano.

Elle s'approcha en jouant des coudes.

– Vous permettez ? Bonsoir...

On s'écarta sur son passage ; elle aperçut enfin la cause de l'attroupement : un homme assez âgé, vêtu d'une queue-de-pie, était allongé sur le dos, le visage bouffi, la bouche ouverte, les traits révulsés. Sa main droite était crispée sur une baguette. Logicielle reconnut, accroupi près de lui, le médecin légiste qu'elle salua à voix basse.

– Bonsoir Waquier... C'est Delumeau qui m'envoie.

Le docteur se redressa pour grimacer un sourire.

– Ah, Logicielle ! Parfait ! Je vais avoir besoin de vous.

– Eh bien, cette mort suspecte ?

– Suspecte ? Pas du tout. Je suis formel : il s'agit d'un assassinat.

Parmi les musiciens naquit une rumeur où se mêlaient l'incrédulité, l'horreur et la consternation. Logicielle fut frappée par la conviction tranquille de Waquier. D'habitude, le légiste était moins catégorique.

– Doucement doc ! Qu'est-ce qui vous permet d'affirmer que... ?

– Ceci.

Il lui désigna la partition ouverte sur le pupitre du chef d'orchestre.

– Ne vous en approchez pas ! lui ordonna-t-il. Ou alors pincez-vous le nez, et surtout ne respirez pas.

Sans comprendre, elle obéit. Et aperçut alors, collée sur la partition, une membrane de plastique transparent, déchirée et encore maculée d'une poudre fine et blanche. Waquier reprit :

– Ça suffit, reculez. Je préfère que vous ne preniez pas de risques.

– Si vous m'expliquiez ?

Un violoniste au front large, cheveux longs et bouclés, âgé d'une quarantaine d'années, déclara en désignant ses camarades :

– Oui. Expliquez-nous docteur. Comment a-t-on assassiné Constant Sylvestre ?

Parmi les musiciens, il y eut un grondement d'approbation ; Logicielle eut l'impression d'être dans une cage avec un dompteur mort adulé par ses fauves qui ne demandaient qu'à le venger. Waquier hésita, jeta vers l'inspectrice un coup d'œil interrogatif.

– Auparavant, dit Logicielle en se tournant vers les musiciens, j'aimerais que vous me donniez votre version des faits. Racontez-moi comment s'est déroulé le concert jusqu'à ce... cet incident.

Le violoniste semblait quêter l'assentiment des autres. Agacée, Logicielle dégaina son portable pour joindre le commissariat et demander du renfort. Après quoi, d'un signe de tête, elle invita le violoniste à parler. Il pesa ses mots :

– Le concert s'est déroulé normalement. Le public était chaleureux et notre chef en pleine forme. Après l'œuvre de Richard Strauss et un entracte d'une demi-heure, nous sommes revenus interpréter *La Symphonie du sacre* de Griocek. Tout se passait à merveille. Jusqu'au long crescendo du dernier mouvement. Là, notre chef s'est immobilisé, saisi d'un malaise. Il suffoquait. Puis il s'est effondré comme une masse. Nous avons interrompu le concert. Je me suis levé pour réclamer le silence et demander s'il y avait un médecin parmi les spectateurs. Quelqu'un s'est précipité, a examiné Constant Sylvestre...

– Ce docteur a aussitôt joint le commissariat, expliqua Waquier. Et Delumeau m'a ordonné de venir. J'étais là depuis un quart d'heure quand vous êtes arrivée.

– Et vous, qui êtes-vous ? lança Logicielle au violoniste.

– Jacques Deitte, premier violon.

– Ensuite, monsieur Deitte, que s'est-il passé ?

– Que vouliez-vous qu'il se passe, mademoiselle ? répondit-il sèchement. Le médecin refusait que nous nous approchions ou que nous déplacions le corps de Constant Sylvestre ! Alors j'ai déclaré au public que le concert était terminé. Nous n'avions ni l'envie ni la force de l'achever. Et puis il restait quarante mesures avant la conclusion de l'œuvre. Les spectateurs ont quitté les lieux. Vous avez dû les croiser.

– Dommage ! Il aurait fallu…

Waquier haussa les épaules.

– Qu'aurait-il fallu, Logicielle ? Boucler la basilique ? Empêcher le public de sortir ? Interroger un à un les mille spectateurs ? L'assassin n'était peut-être même pas parmi eux !

– Justement, docteur, reprit Jacques Deitte, si vous nous expliquiez comment le, euh… l'assassin s'y est pris ?

Waquier eut un drôle de sourire ; il hocha la tête avec une moue admirative et désigna la partition.

– C'est assez diabolique. Vous voyez ce minuscule sachet de plastique ? Eh bien à mon avis, il contenait, sous pression, un poison violent réduit en poudre – arsenic, cyanure –, les analyses nous éclaireront. Quelqu'un, avant le concert, a collé ce sachet entre deux pages de la partition. Quand le chef a séparé les feuilles, le sachet s'est ouvert et le poison lui a sauté au nez. La mort a dû être quasi instantanée. L'autopsie confirmera tout cela.

Les musiciens rassemblés autour de Waquier ouvraient des yeux tour à tour stupéfaits, incrédules, terrifiés. Il y avait là vingt ou vingt-cinq femmes et une cinquantaine d'hommes ; certains avaient à peine vingt ans, d'autres avaient dépassé l'âge de la retraite. Attentive, Logicielle guettait sur leurs visages la moindre émotion, satisfaction mal dissimulée ou chagrin un peu forcé.

Ridicule... Si Waquier avait raison, l'assassin était déjà loin !

– Voilà pourquoi le Maître s'énervait ! lança l'un des flûtistes à ses camarades. Vous vous rappelez ? À la 114e mesure...

– Oui, renchérit une jeune violoncelliste en agitant son archet. Il ne parvenait pas à tourner la page de la partition, il nous a fait signe de continuer pendant qu'il s'acharnait à séparer les feuilles...

– Il s'est effondré deux secondes plus tard !

Les musiciens se turent et se tournèrent vers le cadavre affalé à leurs pieds. Ils semblaient ne pas croire à la mort de leur chef.

– Attendez, doc ! lança Logicielle. Je ne mets pas vos suppositions en doute, mais comment l'assassin pouvait-il être sûr de réussir son coup ? Le poison aurait pu se disperser dans l'air, causer au chef d'orchestre un malaise passager...

– Exact, Logicielle. Pour qu'il succombe, il fallait qu'il ait le nez sur la partition et qu'il respire un grand coup. La malchance...

– La malchance ? Non.

L'interruption venait du premier violon.

– Eh bien ? s'impatienta Logicielle. Que voulez-vous dire ?

– Notre chef avait quatre-vingt-cinq ans. Il était souvent sujet à des insuffisances respiratoires, surtout en cette saison. Par ailleurs, mademoiselle, diriger une telle œuvre nécessite une grosse dépense d'énergie. À la fin du concert, le chef respire forcément plus vite. Quant à avoir le nez sur les pages… Charles ? Tu peux me passer ton chewing-gum ?

En rougissant, le harpiste cracha quelque chose que le premier violon saisit pour l'introduire entre deux pages.

– Voilà. Essayez d'ouvrir la partition, mademoiselle.

D'instinct, Logicielle se pencha sur le pupitre pour séparer les feuilles.

– Vous voyez ? Votre nez est à dix centimètres de la partition.

Convaincue, elle soupira et lança, un rien provocatrice :

– Vous êtes bien renseigné sur la victime, monsieur Deitte. Et aussi perspicace que l'assassin…

Une rumeur scandalisée se propagea parmi les membres de l'orchestre. Une jeune femme, trompettiste, jeta de loin :

– Mais, madame l'inspectrice, tout le monde savait que notre chef était asthmatique ! Les spectateurs comme les musiciens du NOE !

– Le… Noé ?

– Le Nouvel Orchestre Européen, précisa Jacques Deitte avec une moue un peu ironique. Vous n'en avez jamais entendu parler, mademoiselle ? Vous ignorez que le NOE est l'un des plus prestigieux orchestres du monde, et le mieux coté d'Europe ? Constant Sylvestre était un personnage public. Grâce à ses interviews, n'importe quel lecteur de *Diapason* ou du *Monde de la Musique* savait que notre chef était célibataire, asthmatique, et qu'il vivait dans l'île de la Cité à Paris !

Le premier violon marquait un point. Logicielle résolut de s'en faire un allié. Elle prit les musiciens à témoin :

– Mais, ce soir, Constant Sylvestre aurait pu décider de se passer de la partition, non ? Ou bien, constatant que deux pages restaient coincées, achever de diriger l'œuvre de mémoire ?

– Pour *Mort et Transfiguration* de Strauss, c'est sans doute ce qu'il aurait fait, admit Jacques Deitte. Car le Maître connaissait ce poème symphonique par cœur. Mais *La Symphonie du sacre* est une œuvre contemporaine, il venait de la mettre à notre répertoire. La fin du dernier mouvement est dense, complexe, elle sollicite l'orchestre au complet. Difficile de se passer de la partition…

Le regard de Logicielle revint vers le corps de Constant Sylvestre.

C'était là un meurtre subtil, effectué à distance avec une préméditation diabolique. Si l'assassin était encore parmi les musiciens, il devait beaucoup s'amuser. Et s'il faisait partie du public, il serait encore plus difficile de le retrouver.

Le silence fut rompu par les sirènes lointaines de plusieurs cars de police. Des agents de la paix firent irruption dans la basilique, encadrant un grand escogriffe en pleurs, aux épaules voûtées ; avec son smoking et sa chemise, il aurait pu passer de loin pour un pingouin égaré.

Logicielle comprit que l'assassin venait d'être pris sur le fait. Soulagée, presque déçue d'une conclusion si rapide, elle murmura en direction des musiciens :

– Eh bien, je crois que mes collègues ont fait plus vite que moi !

L'assassin connaît la musique

– Jean Jolibois, fit l'inconnu en tendant à Logicielle une grande main molle. Je suis l'agent artistique de Constant Sylvestre. On m'a averti du drame. C'est une catastrophe… Assassiner un tel génie ! Et quelle affreuse publicité pour le festival de Saint-Denis !

Logicielle comprit son erreur et déchanta.

– Oui, ajouta un nouveau venu vêtu d'une chasuble violette. Un crime dans notre basilique ! Quand l'épiscopat l'apprendra…

Plusieurs policiers envahirent le chœur. Un photographe mitrailla le cadavre. Logicielle confia à un collègue la partition du chef qui fut glissée dans un grand sac en plastique. Mais elle doutait qu'on y décèle la moindre empreinte.

– Pourriez-vous ne pas ébruiter ce meurtre ? recommanda-t-elle aux musiciens. Les spectateurs ont cru que votre chef avait eu un malaise. Et pour les besoins de l'enquête, il me semble souhaitable de ne pas révéler la vérité. Ah, il se peut que je vous convoque au commissariat. Mais pendant que je vous ai encore sous la main…

Le temps pressait. Elle réfléchit, demanda :

– Où se trouvait cette partition avant le début du concert ?

– Dans la sacristie, répondit Jacques Deitte.

– Vous êtes sûr que le chef ne l'avait pas emportée, la veille ?

– Elle pèse trois kilos, mademoiselle, révéla le violoniste avec un sourire. Le Maître en possède sans doute une autre chez lui.

– L'assassin est donc entré dans la sacristie, dit Logicielle. Mais quand a-t-il eu le temps d'y bricoler son méfait ? Hier ?

– Impossible ! affirma Deitte. Aujourd'hui encore, nous avons répété jusqu'à midi. Notamment le dernier mouvement de *La Symphonie du sacre*. Et le Maître avait la partition sous les yeux.

– Cet après-midi, ajouta le prêtre, un concert de musique de chambre a eu lieu ici même, de quinze heures à dix-sept heures trente.

– Tenez, ajouta Jolibois en tendant un dépliant à l'inspectrice. C'est le programme du festival de Saint-Denis.

– Donc, déduisit Logicielle, l'assassin n'a pu agir qu'entre midi et quinze heures. Ou même ce soir… Quand l'orchestre est-il arrivé ?

– Vers dix-neuf heures, répondit le premier violon. Nous avons placé nos sièges et nos pupitres, accordé nos instruments… Le Maître nous a rejoints vers vingt heures. Nous nous sommes rassemblés ici, dans le chœur, en attendant d'entrer en scène.

– Voulez-vous voir la sacristie ? proposa le prêtre.

La pièce était un vrai capharnaüm : parmi les vêtements et les objets sacerdotaux, on trouvait des pupitres, une contrebasse, plusieurs magnétophones, des micros… Le prêtre soupira :

– Pardonnez le désordre. L'orchestre et les techniciens de Radio France ont envahi les lieux.

– Je crois que le chef rangeait sa partition ici, dit le premier violon en se dirigeant vers une vieille armoire de bois sculpté.

– N'y touchez pas, monsieur Deitte ! Qui a accès à la sacristie ?

– En temps ordinaire, grommela le prêtre, les ecclésiastiques, les enfants de chœur, le personnel chargé de l'entretien. Toutefois, depuis le début du festival, une foule d'inconnus vont et viennent ! Le soir, je la ferme à clé. Mais pendant la journée…

Il eut un geste évasif. De toute évidence, n'importe qui avait pu s'y introduire dans l'après-midi. À tout hasard, Logicielle s'informa :

– Et personne n'est resté en permanence dans les parages ? Je ne sais pas, moi : un gardien, un enfant de chœur, un fidèle ?

– Un seul est toujours présent, déclara le prêtre en levant les yeux.

Elle accompagna son regard et aperçut un immense crucifix. Le christ en bois observait l'assemblée avec un regard de commisération douloureuse. Lui avait dû apercevoir l'assassin.

– Monsieur Jolibois, reprit Logicielle, y a-t-il un moyen de connaître l'identité de tous les spectateurs ?

– Hélas non. Beaucoup de places ont été vendues à l'entrée, ce matin même ! Certains spectateurs règlent en espèces...

Dommage. Car Logicielle imaginait bien l'assassin assister en direct à l'agonie de sa victime. Au premier rang, si possible.

Quand le groupe rejoignit le chœur, deux agents chargeaient le corps de Constant Sylvestre sur une civière.

– Mademoiselle, demanda le premier violon à voix basse, peut-on reposer la civière un instant sur le podium ?

Sans un mot, les musiciens se réinstallèrent à leur pupitre. Deitte revint à sa place, au premier rang des violons.

– Ce soir, notre orchestre est en deuil ! déclama-t-il soudain. Constant Sylvestre était un homme doux, chaleureux, indulgent. Et un chef exceptionnel. Pour lui rendre hommage, je propose que nous interprétions l'*Adagio* de Samuel Barber, qu'il aimait tant.

Logicielle faillit s'interposer. Cet ajout de dernière minute lui semblait incongru. Mais déjà, le son langoureux et lent des violons emplissait la basilique. Une mélodie poignante s'éleva. Logicielle se sentit émue aux larmes, incapable d'interrompre ce flot de cordes qui éveillait en elle des émotions enfouies ou oubliées.

Dans le silence qui suivit la fin de l'*Adagio,* on emmena enfin le chef. Après la majesté contenue de cette musique, Logicielle sut qu'il était vain d'ajouter un mot. Tandis que les musiciens rangeaient leurs instruments, elle quitta la basilique, tête basse.

Elle découvrit un P.-V. coincé sous l'essuie-glace de sa Twingo.

Décidément, la brigade de Saint-Denis faisait du zèle, même après minuit ! En voulant glisser la feuille dans la boîte à gants, elle s'aperçut qu'un message avait été griffonné au feutre :

Ceci n'est pas une contravention,
ceci est une invitation à venir déjeuner
chez moi demain. Je t'ai bien eue, non ?
J'étais dans le coin, j'ai reconnu ta voiture.

Max

Ainsi, Maxime était à deux pas pendant qu'elle interrogeait les musiciens du NOE ! Elle eut un sourire indulgent, déchira le faux P.-V. et regagna son studio. Le répondeur clignotait. Elle enfila son pyjama, enclencha l'appareil en grommelant :

– Et il est une heure du matin ! Cette fois, Max exagère...

– Logicielle ? C'est encore Delumeau. Il s'agit donc d'un assassinat ? Bien entendu, dès votre retour, vous me rappelez chez moi. Quelle que soit l'heure. J'attends votre coup de fil.

Résignée, elle obtempéra en se demandant à quoi Delumeau consacrait ses rares loisirs. Peut-être à jouer au Cluedo ? Elle résuma les faits au commissaire qui, après un silence, décréta :

– Bon, je vous mets sur l'affaire, Logicielle.

– C'est que... j'avais posé mes congés en juillet.

– Eh bien vous partirez en août, dès que vous aurez mis le coupable en examen. Vous avez déjà une petite idée, je suppose ?

Elle explosa :

– Comment ? Une petite idée ? Non, j'ai deux certitudes ! La première, c'est que l'assassin a commis son méfait en pénétrant dans la sacristie hier, 26 juin, entre midi et quinze heures. Et la seconde, c'est que cette fichue sacristie est ouverte à tous les vents.

– Ne vous fâchez pas. Le coupable…

– Ce peut être n'importe qui : un musicien, un technicien, un spectateur ! Un badaud mêlé aux fidèles. La petite idée que j'ai, commissaire, c'est que tout ça fait des milliers de suspects !

Delumeau marmonna quelque chose d'incompréhensible qui s'acheva par :

– Ça, Logicielle, c'est votre affaire.

Oui. Logicielle l'avait bien compris. En essayant de trouver le sommeil, elle se surprit à murmurer à plusieurs reprises :

– J'ai une troisième certitude, l'assassin connaît la musique…

Max la bavure

Logicielle aimait se lever tôt. Surtout le dimanche.

À peine debout, elle alluma la cafetière électrique et fila acheter du pain frais, deux croissants et le *Journal du Dimanche.* Elle adorait lire la presse en prenant son petit-déjeuner.

Les premières pages étaient consacrées à la politique intérieure. Mais dans les pages culturelles, un court entrefilet au sujet du festival de Saint-Denis révélait :

Le concert qui a eu lieu hier à la basilique a dû être interrompu peu avant vingt-trois heures. Constant Sylvestre, le célèbre chef, a été victime d'un malaise pendant le finale de La Symphonie du sacre *de Milan Griocek. Le Nouvel Orchestre Européen a dû s'interrompre et les spectateurs ont quitté les lieux. On est sans nouvelles de Constant Sylvestre et son état de santé suscite les plus grandes inquiétudes.*

– C'est le moins qu'on puisse dire, bougonna Logicielle. Mon enquête, aussi, suscite chez moi les plus grandes inquiétudes…

Comme Max ne l'appelait pas, elle quitta son studio, fit un saut dans sa cave pour y prélever un pomerol 89 et se rendit directement chez son collègue. Elle mesura l'état de son moral au temps qu'il mit pour venir jusqu'à la porte. D'ordinaire, quand il l'attendait, elle avait encore le doigt sur la sonnette au moment où la serrure s'ouvrait.

– Salut, Logicielle ! Tu as trouvé mon mot hier soir ?

La voix morne et pâteuse, Max ébauchait un sourire forcé. Il n'était pas rasé et arborait un jean informe et un polo douteux représentant Snoopy. Le logo, qui affirmait « I'm happy ! », offrait un douloureux contraste avec la mine défaite de celui qui le portait.

– Toi, tu as mal dormi ! fit joyeusement Logicielle en plaquant deux bises sur les joues râpeuses de son adjoint. Tiens, j'ai apporté une bouteille. Nous en avons besoin tous les deux.

Pour la poser sur la table, elle dut écarter un long instrument de musique en bois, cassé, fendu et tordu, un escarpin de femme d'un rose agressif et le journal du matin ; celui-ci avait été tant lu et feuilleté qu'il semblait prêt à accueillir des épluchures.

– Eh bien ? s'étonna-t-elle. Tu as été aux Puces, ce matin ? Moi qui pensais trouver la table mise avec des chandeliers... Ah, je te préviens : je ne mettrai pas les pieds à la cuisine !

– Aujourd'hui, c'est mon anniversaire ! grogna Max en s'affalant dans un fauteuil fatigué. Voilà pourquoi je t'ai demandé de venir.

– Tu aurais dû me le préciser sur ta contravention. Je t'aurais apporté autre chose qu'une bouteille.

– Rassure-toi, répondit-il en désignant la chaussure et l'instrument sur la table, je me suis offert deux petits cadeaux...

– Et quel âge ça te fait ? Cinquante ans ?

Max se redressa en fronçant les sourcils.

– Mais non, vingt-sept ! J'ai deux ans de plus que toi, tu le sais bien.

– Vingt-sept ? Impossible ! décréta Logicielle. Ce matin, à vue de nez, tu en as au moins le double.

– Bah, ça tombe bien : c'est l'âge de ton ami Germain. J'ai remarqué que tu avais un faible pour les hommes mûrs.

Logicielle tenta de se dominer. Max lui rebattait les oreilles avec Germain Germain-Germain – l'inspecteur dont elle avait été la stagiaire et qu'elle avait un peu perdu de vue depuis qu'il avait obtenu sa mutation à Bergerac[1].

1. Lire *Coups de théâtre,* dans la même collection.

Elle se planta face à Max, laissa peser un vilain silence. Puis déclara, les dents serrées, et en articulant distinctement :

– Max ? Aujourd'hui, c'est dimanche et le jour de ton anniversaire. Tu m'as invitée à déjeuner. Et tu sais que je supporte beaucoup de choses sauf les sarcasmes, la jalousie et la tristesse. Tu sais aussi que, pour me plaire, il faut être joyeux, détendu et plein d'humour. Alors mets un mouchoir par-dessus ton désespoir et ta mauvaise humeur. Car j'avais l'intention de passer toute la journée en ta compagnie – mais je te préviens : si tu n'es pas conforme à ce que j'attends de toi, je file dans la seconde qui suit. Et crois-moi, tu n'es pas près de me revoir ici !

Max se leva d'un bond, fila à la cuisine en sifflotant et commença à s'affairer en faisant avec les casseroles un vacarme inutile. Logicielle savait que ce brusque accès de bonne humeur était factice ; mais elle espérait que son collègue finirait par se prendre au jeu. Quand il revint dans le séjour, il portait un plateau chargé à ras bord. Visiblement, il y avait là les restes de la semaine.

– Rassure-toi, lui dit-il, je vais décongeler deux pizzas. Ça ira ?

– Formidable. Pour un anniversaire, c'est inespéré. J'espère que tu as des yaourts pour le dessert ?

Comme elle enlevait de la table la chaussure et l'étrange instrument de musique, il précisa :

– Ce sont les trophées de mon exploit d'hier. Mais comme tu veux que nous passions une bonne journée, j'essaierai d'éviter le sujet.

Logicielle se résigna. Bon, elle n'y couperait pas : malgré le prétexte de cet anniversaire, elle comprit que l'invitation de son collègue était plutôt un appel au secours.

– Non. Vas-y, Max, vidons l'abcès. Raconte-moi.

– Oh, c'est simple, fit-il en fourrageant dans ses cheveux bouclés comme s'il se réveillait enfin. Hier, je patrouillais du côté du théâtre Gérard-Philipe. J'ai eu un appel sur mon portable. C'était Delumeau. « Maxime ! qu'il me dit d'une voix précipitée, un drogué vient de dévaliser la pharmacie de la rue Gabriel Péri ! Il a filé il y a dix secondes, il a bifurqué dans la rue piétonnière. Il a une vingtaine d'années, porte une casquette et un blouson ; il doit avoir à la main un paquet contenant des médicaments... Vous êtes dans le coin ? »

Max s'interrompit pour ouvrir la bouteille de pomerol. Il avait repéré le cru, l'année, et il opérait avec un soin de sommelier.

– Eh oui, poursuivit-il, j'étais dans le coin ! Je me trouvais justement à l'autre bout de la rue Gabriel Péri ! En principe, mon voleur était en train de courir vers moi. Mais tu penses bien que je n'allais pas prendre le risque de l'attendre. Car s'il avait choisi de fuir par la rue piétonnière, c'était pour se fondre dans la foule ou pour disparaître en bifurquant dans l'une des rues adjacentes !

– Quelle heure était-il ? demanda Logicielle.

– Quatorze heures. Pourquoi ?

Elle ne répondit pas mais songea qu'au même instant, le meurtrier s'introduisait peut-être dans la sacristie pour y piéger la partition avec du poison.

– Alors, reprit Max, je me suis élancé avec ma moto en essayant de le repérer de loin. Au départ, les piétons s'écartaient gentiment. J'avais parcouru cent mètres quand j'ai aperçu un garçon avec une casquette et un blouson. Il discutait avec une dame... À cet instant, un autre type à casquette est arrivé, un énorme étui dans les bras.

– Et celui-ci courait ?

– À toutes jambes ! Qu'est-ce que tu aurais fait, à ma place ?

– Euh... je me serais peut-être demandé pourquoi le voleur avait eu besoin d'un énorme étui pour emporter des médicaments, mais...

– Eh bien moi, j'ai foncé ! D'ailleurs, quand ce type m'a aperçu, il a écarquillé les yeux, a bifurqué et s'est mis à courir de plus belle.

– Attends, Max. Forcément, il a fui. Tu pensais qu'il allait te servir de cible sans bouger ?

– Première erreur : en manœuvrant, j'ai heurté avec mon guidon la dame qui discutait avec le premier suspect. Elle a poussé un hurlement et lâché le carton à chaussures qu'elle tenait à la main.

– Dommage, cet escarpin n'a jamais été porté, constata Logicielle.

– Après quoi j'ai heurté Karim de plein fouet.

– Karim ?

– Oui, Karim : le jeune Beur qui courait et que j'avais pris pour le malfaiteur. Il est tombé devant ma moto. J'ai roulé sur sa jambe et, par la même occasion, écrabouillé le paquet qu'il avait dans les bras. Voilà…

– Ma foi, ça fait pas mal d'erreurs d'un coup. Et ça ? demanda Logicielle en désignant la chaussure et l'instrument de musique. Ce sont les souvenirs de ton expédition ?

– Ouais. La chaussure a été retrouvée intacte par les gars de la brigade qui sont arrivés peu après. La dame que j'ai bousculée a dû être bien étonnée en ne trouvant qu'un pied droit en revenant chez elle. Quant à cette sculpture contemporaine, c'est tout ce qui reste du basson de Karim.

– Je ne savais pas qu'un basson ressemblait à ça.

– D'ordinaire, ça a une autre allure. Mon père en possédait un et il m'a même donné quelques leçons. Le basson, c'est la Rolls Royce d'un orchestre !

Logicielle hocha la tête. Pour l'heure, la Rolls Royce en question semblait être passée sous un trente-huit tonnes.

– Bon, conclut-elle. C'est une bourde, Max. Une bavure. Mais rien d'irréparable ou de dramatique. Ton Karim est vraiment amoché ?

– Il a une jambe cassée. Je voulais aller le voir hier soir mais Delumeau m'a retenu. J'ai été convoqué à la préfecture. Je suis bon pour un procès et un blâme. Ce matin, à l'hôpital, les infirmières m'ont refoulé. Elles m'ont affirmé que Karim allait bien. Mais imagine qu'il ne supporte pas l'intervention, qu'il y ait un pépin à l'anesthésie, que...

Max étouffa un sanglot que Logicielle interrompit :

– Eh, pas de panique ! Karim est bien vivant. C'est vrai, tu aurais pu le tuer. Tous les deux, vous vous en tirez à bon compte. En revanche, ajouta Logicielle dont l'odorat avait identifié une vague odeur de brûlé, je ne sais pas si nous pourrons sauver les pizzas...

Max se précipita dans la cuisine ; il revint en portant à bout de bras deux disques quelque peu noircis et fumants. Il hésitait entre le rire et les larmes.

– Bon. J'aurai tout gâché jusqu'au bout. Je t'invite au restaurant.

– Pas question. Descends donc acheter un gâteau pendant que je récupère tes pizzas. Nous allons finir les restes.

C'est une heure plus tard, comme il venait de souffler ses vingt-sept bougies, que Max s'écria, faussement indifférent :

– Au fait... Tu ne m'as toujours pas dit avec qui tu étais au concert, hier soir, à la basilique ?

Ainsi, il avait attendu tout ce temps avant de lui poser la question ! Sans réfléchir, elle lui retourna sèchement :

– Et toi, que faisais-tu à traîner dans les rues de Saint-Denis à une heure pareille ?

– Une petite reconstitution personnelle, grommela-t-il d'un air sombre. J'étais revenu sur les lieux du crime...

– En effet. Il y a bien eu un crime. Et même un assassinat.

Il releva la tête, intrigué. Logicielle lui résuma enfin ce qui était arrivé la veille au soir.

– Constant Sylvestre, empoisonné ? Eh bien, pour arriver au ciel, on peut dire que le chef d'orchestre a pris un raccourci !

Comme Logicielle fronçait les sourcils, il expliqua :

– Dame, tout le monde n'a pas la chance de mourir dans une basilique ! Et qui a bien pu faire le coup ?

– Justement, l'enquête risque d'être longue et difficile. Je vais devoir interroger tous ceux qui sont passés dans la basilique durant la journée du 26 juin. Du moins ceux que je vais retrouver... Et si nous gardions ce sujet de conversation pour demain ? Depuis mon arrivée, j'ai l'impression de faire des heures supplémentaires.

Au-dehors, le soleil inondait le boulevard. Au moment où Logicielle allait proposer à Max un tour en moto du côté des quais de Seine, son collègue lui tendit un casque avec un sourire.

– Vraiment, Logicielle, c'est gentil de ta part de me consacrer ta journée. Tu vois, je redoutais un peu d'aller voir Karim seul.

Elle avait oublié le blessé. Son expression dut désarçonner Max qui, tout à coup, s'alarma :

– J'espère que ça ne te dérange pas ?

– Oh non, Max, au contraire ! Dans la nuit, j'ai dû constater un meurtre par empoisonnement. Cet après-midi, nous filons voir un blessé à l'hôpital... Demain, que dirais-tu d'une petite autopsie à la morgue pour achever de nous distraire ?

Fausse note

L'odeur qui régnait dans les couloirs de l'hôpital rappelait à Logicielle des souvenirs d'agonie, d'attente et de mensonges.

– C'est ici, dit Max. Chambre 22. Avec un tel numéro, Karim ne devrait pas être étonné de voir deux flics arriver...

Il faisait le brave mais n'en menait pas large. Il était aussi pâle que la blouse des infirmières qui circulaient alentour.

Il frappa et ils entrèrent.

Un jeune homme brun d'une vingtaine d'années, la jambe gauche plâtrée maintenue par une attelle suspendue, était plongé dans la lecture d'un livre. Il leva vers les arrivants des yeux intrigués.

– Bonjour Karim, grimaça Max en déposant un paquet-cadeau sur les draps. Vous, euh... tu es bien Karim, n'est-ce pas ?

Le second lit était inoccupé. Max et Logicielle s'y assirent. Le blessé les observait sans comprendre. Max, embarrassé, lança :

– Je te présente Logicielle, une collègue. Je m'appelle Maxime. Je suis policier. C'est moi qui, euh… qui t'ai mis dans cet état, voilà !

Karim mit une bonne seconde avant de réaliser. Il eut un geste pour se redresser mais son mouvement fut stoppé par un hurlement de douleur. Max et Logicielle se précipitèrent, alarmés.

– Ce n'est rien ! murmura-t-il. En principe, je ne dois pas bouger. Ma jambe est encore assez sensible. Alors comme ça, c'est vous qui m'avez roulé dessus ? ajouta-t-il à l'attention de Max en le dévisageant. Je ne vous aurais pas reconnu.

– Forcément, hier, les présentations ont été, euh… plutôt brutales. Tu parles d'une bavure ! ajouta-t-il, impressionné par le plâtre.

Karim faillit rire, jeta avec une satisfaction mal dissimulée :

– C'est quand même très gentil d'être venu voir votre bavure.

– C'était le moins que je puisse faire, dit Max en baissant la tête. Je voulais te présenter mes excuses. T'affirmer que je ne fonce pas toujours sur les gens bronzés qui courent dans les rues. Que…

Il ne put retenir un gros sanglot, piqua du nez. Logicielle le prit par les épaules, se tourna vers le jeune homme en maugréant :

– Et en plus, c'est Max qu'il faut consoler! Tu as dû méchamment déguster, non?

– Il paraît que le plus dur est passé, répondit Karim plus calmement. Maintenant, c'est une question de patience. Ça m'apprendra à être trop pressé.

– Eh, ne renverse pas les rôles, Karim! grommela Max. Au fait, où courais-tu si vite, au point que je t'ai confondu avec celui qui avait dévalisé la pharmacie?

– Vous êtes venu me voir pour m'interroger?

Max eut l'air si stupéfait et ahuri que Logicielle jeta :

– Eh bien, tu n'es pas le seul à aimer la plaisanterie, Max!

Karim jeta un regard complice à Logicielle et il se mit à rire. Doucement, pour ne pas trop secouer le lit.

– Je rejoignais les Always Young. Un petit groupe de variétés, précisa-t-il. Le week-end, je joue du basson dans l'orchestre.

– Tu joues dans un groupe de variétés? s'étonna Max. Je t'aurais plutôt imaginé rap, raï... Ou techno.

– Comme quoi on peut se tromper! Les Always Young se produisent pour les bals du troisième âge, les mariages, les fêtes de la RATP. C'est pour moi le moyen de gagner un peu d'argent.

Le sourire de Karim s'évanouit.

– Tu as mal ? demanda Max, très empressé.

– Non. Je pense à mon basson. Dans quel état est-il ?

– Au plus bas, avoua Max. Il a mal résisté à mes mille centimètres cubes.

– C'est bien ce que je craignais. Ma jambe va se recoller. Mais mon basson...

– Rassure-toi, l'assurance t'en paiera un tout neuf. Et, en attendant, je te prêterai celui de mon père, il doit traîner dans un placard.

Les yeux de Karim se remirent à briller. Son basson semblait lui causer plus de soucis que sa jambe.

– Je t'aurai gâché tes vacances, soupira Max d'un air penaud.

– Oh, de ce côté-là, ne te fais pas de soucis ! Je devais travailler cet été. Je ne suis pas mécontent d'être contraint au repos forcé.

– Tu devais travailler ?

– Je m'étais fait embaucher dans un Mac Do, histoire de payer mes études. Je fais mon droit à la fac de Villetaneuse.

– Tu potassais quand nous sommes arrivés ?

Max saisit l'ouvrage que Karim avait posé sur le lit. En déchiffrant le titre, il écarquilla les yeux de surprise, bredouilla :

– Quoi ? Tu lis... *Endimyon* de Dan Simmons ?

– Ma foi oui. Pourquoi, c'est interdit ?

– Alors tu as lu aussi *Hypérion* et *La Chute d'Hypérion* ?

– Bien sûr ! répondit Karim, excité. Tu t'intéresses aussi à la SF ?

– Si j'avais su, dit Max, je ne t'aurais pas apporté des bonbons ! Euh... tu connais *Au cœur de la comète* de Benford et Brin ?

Logicielle ne partageait pas la passion de Max pour la science-fiction. Elle s'éclipsa sur la pointe des pieds. Sa présence n'était plus nécessaire.

Loin, très loin de la guerre des étoiles et de tous les bassons de la terre, elle allait enfin profiter du soleil de ce dimanche d'été.

♮

Le soir, revenue chez elle, Logicielle se connecta à Internet. Elle n'avait qu'un seul message, laconique, de son ami Germain :

« Bref, la routine ! achevait l'inspecteur. Et vous, Logicielle, quoi de neuf dans votre banlieue ? »

Elle faillit lui expliquer ses difficultés. Mais elle se contenta de noter :

« Une nouvelle enquête. Pas facile. »

Vers vingt-deux heures, le téléphone sonna. Elle décrocha et déclara sans attendre :

– Max ? Je suis navrée d'être partie si vite tout à l'heure. Je sais, j'aurais dû t'appeler mais j'ai pensé que Karim et toi préfériez...

À l'autre bout du fil, un rire l'interrompit.

– Ravi d'avoir ces détails, Logicielle ! Mais ici, c'est Germain.

Confuse, elle bredouilla une excuse. L'inspecteur reprit :

– Si vous attendez un appel de Maxime, je libère la ligne.

– Pas question. Je suis ravie de vous entendre !

– Je viens de lire votre message sur Internet. Il m'a intrigué. Eh bien, quelle est cette nouvelle et difficile enquête ?

Logicielle imagina son vieil ami, dans l'immense séjour de sa maison ancienne, au bord de la Dordogne. Peut-être avait-il demandé sa mutation un peu tôt, et déplorait-il son existence trop tranquille. À présent, les seules vraies enquêtes qu'il suivait étaient celles de son ex-stagiaire. Elle le soupçonnait d'affectionner ce poste d'observateur lointain, de conseiller discret.

– Je ne voulais pas laisser de traces sur Internet, lui avoua-t-elle. L'affaire est top secret. Voilà : on a assassiné Constant Sylvestre...

Sans hésiter, elle lui raconta sa soirée de l'avant-veille et lui confia ses craintes de ne pas aboutir.

– Bien entendu, aucune empreinte déchiffrable sur la partition. Encore moins sur le sachet de plastique. Et je ne compte pas sur un témoin miracle pour me révéler l'identité d'un suspect entré dans la sacristie ! Eh bien Germain, que vous inspire cet assassinat ?

– Il me rappelle deux œuvres fameuses : un drame d'Eliot, *Meurtre dans la cathédrale*. Et *Le Nom de la rose,* un roman d'Umberto Eco. Attendez... rappelez-moi quelle était l'œuvre que Constant Sylvestre dirigeait quand il est mort ?

– *La Symphonie du sacre,* de Griocek.

Pendant trois longues secondes, Logicielle n'entendit que le crachotement régulier de la ligne téléphonique. Elle s'alarma :

– Germain ?

– Oui. Je suis toujours là. Il me semble avoir lu le mois dernier, dans un journal, quelque chose concernant cette œuvre musicale. Et c'était aussi associé à un décès.

– Que dites-vous ?

– Je n'en suis pas sûr. Il faudrait que je retrouve l'article. Écoutez, je vous tiens au courant.

Songeuse, Logicielle raccrocha. Mais qu'il y eût un rapport entre les deux décès était si invraisemblable que lorsque Max l'appela, une heure plus tard, elle avait oublié le coup de fil de Germain.

Un orchestre sans chef

Quand elle arriva au commissariat, le lundi peu avant huit heures, les bureaux étaient encore déserts. La porte du patron s'ouvrit et Delumeau en surgit, la cravate de travers et le veston déjà fripé. Il lui jeta un bref signe de la tête, comme s'ils s'étaient quittés dix minutes auparavant.

– Ah, Logicielle, le labo vient d'apporter les conclusions de l'analyse du poison, pour l'affaire Sylvestre. Vous y jetterez un coup d'œil ? Vous me tiendrez au courant ? Vous penserez à me faire un rapport ? Vous avez bien déjà quelques indices ?

Elle lui adressa son plus beau sourire pour répliquer :

– Et vous, commissaire, vous me laisserez jusqu'à la fin de la semaine pour que je réponde à toutes ces questions ?

Delumeau resta interloqué. Logicielle songea qu'il avait de plus en plus l'allure et l'attitude d'un bouledogue. Sauf que les bouledogues, eux, manifestent de l'affection.

Enfin, le commissaire fit volte-face en bougonnant, comme un chien réprimandé et mécontent qu'on l'ait empêché de mordre.

Le rapport d'autopsie était presque décevant : la poudre contenue dans le sachet ? De simples molécules d'indocétamine, sans doute le contenu de quelques gélules d'Indocid, un produit de classe A que l'on pouvait se procurer en pharmacie. Le sujet devait être asthmatique et de nature allergique, concluait le docteur Waquier. Il présentait une hypersensibilité à ce médicament. En l'inhalant, il a fait une détresse respiratoire aiguë. Sa pression artérielle a chuté. Il est décédé en quelques instants, à la suite d'un œdème de Quincke.

Vers dix heures, elle reçut la visite spontanée de Jolibois. L'agent de Constant Sylvestre avait passé son dimanche à contacter les musiciens du NOE. Il avait recopié leurs adresses, reconstitué la liste des établissements qui avaient vendu les billets du concert. Vêtu comme pour assister à l'enterrement du chef d'orchestre, il ne cessait de gesticuler en s'expliquant. Logicielle eut mille difficultés à freiner son excitation et à calmer son zèle.

– J'ai pensé que cela ferait avancer votre enquête !

– C'est très aimable à vous. Je vais interroger les musiciens. J'aimerais aussi connaître les proches du chef d'orchestre...

– Les proches ? C'étaient ses musiciens et moi, mademoiselle. Le Maître vivait seul. Le plus souvent à Paris.

– Justement. J'envisage une perquisition dans son appartement.

L'idée parut choquer Jolibois. Logicielle se justifia :

– Une perquisition ne concerne pas seulement les suspects ! Certains indices, chez la victime, pourraient nous orienter vers son assassin : son carnet d'adresses, son courrier...

– Inutile d'envisager un mandat, j'ai la clé de l'appartement.

Logicielle se demanda pourquoi Constant Sylvestre avait confié à son agent un double de ses clés. Ravie de l'aubaine, elle avertit Delumeau qu'elle s'absentait pour la journée.

Dans la Twingo qui filait vers l'île de la Cité, Jolibois, au fil de son monologue ininterrompu, dut deviner la question que n'osait poser Logicielle. Spontanément, il lui révéla en vrac :

– Voilà trente ans que je connaissais Constant. Et depuis qu'il dirigeait le NOE, nous étions devenus encore plus intimes. J'ai aussi les clés de son appartement de New York. Et du studio qu'il a acheté l'année dernière à Berlin.

Pratique, cette perquisition, songeait Logicielle en pénétrant dans un immeuble ancien et luxueux, car Jolibois se livre en même temps à l'interrogatoire auquel je voulais le soumettre. Sauf qu'il fait à la fois les questions et les réponses.

En entrant dans l'immense salle de séjour, Logicielle fut impressionnée par la discothèque qui occupait un mur entier. Disques vinyle, coffrets, CD, partitions, cassettes et bandes magnétiques encadraient une superbe chaîne hi-fi. Au centre de la pièce trônait un piano à queue Steinway. Le reste de l'appartement ? Un bureau où s'entassaient des piles de courrier et une chambre d'une simplicité spartiate avec un lit, un chevet assorti, une armoire Louis-Philippe et un tapis.

Logicielle regagna le séjour, examina les partitions abandonnées sur le piano. Constant Sylvestre ne vivait que pour la musique. Sans doute depuis plus de soixante-dix ans.

Comme s'il avait percé à jour ses pensées, Jolibois précisa :

– Le Maître, dans sa jeunesse, a connu plusieurs femmes. Il ne s'est attaché à aucune. D'ailleurs, aucune ne supportait très longtemps d'être reléguée au deuxième rang. Constant n'avait qu'une seule passion dans sa vie : la musique. Il ne s'est jamais marié, n'a pas eu d'enfants. Vous pouvez fouiller, mademoiselle, vous ne trouverez aucun secret dans sa vie. Et pas un seul ennemi.

– Il était très riche, n'est-ce pas ?

– Très. Les grands chefs gagnent beaucoup d'argent.

Après un temps de réflexion, Jolibois reprit brusquement :

– Oh... je vois où vous voulez en venir ! Constant n'a pas d'héritier. J'ai averti son notaire ce matin. Depuis longtemps, je sais qu'il a légué ses biens à des associations musicales. Je ne suis pas concerné. Ou plutôt si, la disparition de Constant, outre le chagrin qu'elle me cause, va entraîner pour moi un important manque à gagner.

– Que voulez-vous dire ?

Le regard de Jolibois devint flou. Logicielle y lut plus que de la peine : de la détresse, du désarroi. Un vide que le collaborateur du Maître cherchait peut-être à combler en se soûlant de paroles et de gestes.

– Le NOE a perdu son chef. Provisoirement, Jacques Deitte peut assurer la direction de l'orchestre pour les tournées et les engagements en cours. Mais le prestige du NOE tenait à la valeur, à l'imagination de Constant Sylvestre, car un chef choisit les œuvres, sélectionne et perfectionne ses musiciens.

Logicielle réalisa que le NOE était pour Jolibois l'une de ses sources de revenus. Tout agent artistique perçoit un pourcentage sur les recettes des concerts de l'orchestre.

– Pardonnez-moi. Je... cela m'est très difficile de rester ici.

Discrètement, Jolibois posa les clés sur le piano et laissa Logicielle seule dans l'appartement.

Elle passa l'après-midi à dépouiller la correspondance du Maître. Hormis les engagements, les propositions de concerts, nombre de lettres provenaient d'admirateurs, de musiciens confirmés ou débutants. Ils sollicitaient des conseils, remerciaient, félicitaient. Rien de particulier ni de compromettant.

Elle trouva, ouverte et posée au-dessus du clavier, la réduction pour piano de *La Symphonie du sacre,* et la partition de la version intégrale pour orchestre. Les brochures du chef étaient annotées d'indications manuscrites, au crayon.

Elle était en train d'éplucher jour par jour l'agenda de la victime quand l'obscurité la surprit. Il allait être vingt-deux heures et elle n'avait rien déniché qui pût l'éclairer sur ce meurtre. Même les femmes que Constant

Sylvestre avait connues lui envoyaient des lettres d'une gentillesse et d'une sincérité touchantes. Une vengeance était improbable. Et la vie de ce chef d'orchestre irréprochable.

Jacques Deitte jeta un coup d'œil furtif à l'horloge posée sur le bureau de Logicielle.

– Je sais, lança-t-elle sèchement, il n'est pas loin de midi.

Elle songeait surtout qu'on était le 29 juin. Sans cette affaire, elle aurait été en vacances le lendemain soir. À ce rythme, il lui faudrait l'été entier pour interroger les musiciens de l'orchestre. Et son intuition lui disait qu'aucun d'eux n'était l'assassin.

– Que voulez-vous dire par « un incident », mademoiselle ?

– Je ne sais pas, moi ! Une fausse note. Un reproche que Constant Sylvestre aurait fait à l'un des musiciens. Un différend entre lui et vous sur la façon d'interpréter un mouvement.

Le premier violon haussa les épaules. Que l'un des membres du NOE ait pu assassiner son chef à la suite d'une réprimande ou d'une querelle lui semblait d'un ridicule achevé.

– Vous connaissez bien mal la vie d'un orchestre, mademoiselle !

– Navrée. Je sors de l'École de police, pas du Conservatoire.

Le téléphone sonna. Logicielle décrocha aussitôt pour inviter l'importun à la rappeler plus tard. Elle y renonça vite en reconnaissant la voix de Germain. L'inspecteur ne l'appelait au commissariat que pour des raisons professionnelles urgentes.

– Logicielle ? Ça y est. J'ai retrouvé l'article.

Il lui fallut une seconde pour se souvenir de la conversation qu'elle avait eue avec Germain le dimanche soir.

– Je crois qu'il vous intéressera. Je vous le faxe ?

Quand elle eut raccroché, elle écarquilla les yeux en apercevant le violoniste qui, docile, attendait. Au bout d'un moment, il gronda :

– Eh bien, qu'y a-t-il ? Est-ce que j'ai la tête d'un Martien ?

Elle sortit de son rêve éveillé.

– Pardonnez-moi. Merci, monsieur Deitte. Votre collaboration et vos réactions me sont très précieuses. Vous pouvez partir, j'essaierai de ne plus vous déranger.

Il la salua d'un bref signe de tête et sortit.

Fébrile, Logicielle guettait, sur son bureau, le fax qui tardait à se déclencher. Enfin, l'appareil cracha la reproduction d'un article du journal *Sud-Ouest,* daté du 28 mai dernier.

UN CONCERT INTERROMPU

Hier soir, un incident a perturbé l'enregistrement en direct du concert que donnait, au Grand Théâtre de Bordeaux, l'orchestre philharmonique d'Aquitaine sous la direction de son chef, Alain Barlon. Alors qu'allait s'achever l'exécution de La Symphonie du sacre, *de Milan Griocek, des cris ont retenti dans la salle. Parmi les spectateurs, le tumulte et l'émoi furent tels que le chef dut interrompre le concert. Plus tard, Alain Barlon a avoué qu'il avait redouté une alerte à la bombe. En fait, les cris provenaient d'une spectatrice qui réclamait du secours : son mari venait de s'effondrer, sans doute victime d'un infarctus. Il a été évacué vers le service de réanimation de l'hôpital Saint-André.*

Les auditeurs de France-Musique, pour qui la retransmission en différé de ce concert était prévue le dimanche suivant, ne pourront l'entendre, la direction de la chaîne ayant préféré modifier la programmation.

♮

– Bon sang, grommela Logicielle.

Elle relut dix fois l'article. Notamment le passage : « Alors qu'allait s'achever l'exécution de *La Symphonie du sacre,* de Milan Griocek… »

Seule dans son bureau, elle s'aperçut qu'elle tremblait. Elle songea à prévenir Max. À avertir Delumeau. Et se décida à rappeler d'abord le commissariat de Bergerac.

– Germain ? Vous aviez raison. Ça ne peut pas être un hasard. Il me faut absolument des détails sur cette… ce décès pendant le concert… Non, je vais m'en occuper moi-même. Vous avez les coordonnées du journal *Sud-Ouest* ?

Cette fois, elle tenait une piste. Il s'agissait sans doute d'un autre assassinat, déguisé. Ces deux meurtres étaient forcément liés. Et découvrir la cause du premier lui livrerait peut-être la clé du second.

Meurtres en série

Dès qu'elle eut en ligne la rédaction du journal *Sud-Ouest,* elle demanda à être orientée vers le journaliste qui avait rédigé l'article. On la fit patienter. Enfin, une voix d'homme lui répondit :

– Alain Bernard. Vous désirez me parler ?

– Je suis lieutenant de police au commissariat de Saint-Denis. J'aimerais avoir des détails sur le... le décès survenu il y a un mois, pendant le concert de l'orchestre philharmonique d'Aquitaine.

– Le décès ?

– Oui. Un spectateur victime d'un infarctus. Le concert a été interrompu. C'est bien vous, Alain Bernard, l'auteur de cet article ?

– Ah oui ! J'y suis. Mais je ne me trouvais pas sur place, mademoi... lieutenant. J'ai obtenu ces renseignements parce que la direction régionale de France-Musique demandait au journal de bien vouloir faire un rectificatif de ses programmes. La cause de l'interruption du concert m'a semblé mériter un petit article. Alors j'ai appelé l'ingénieur du son chargé de l'enregistrement ce soir-là. C'est lui qui m'a relaté l'incident. Ensuite, j'ai joint l'hôpital Saint-André. Je crois que la personne est décédée dans l'ambulance pendant le trajet. Mais je n'ai pas jugé utile de le préciser.

Logicielle aurait donné cher pour revenir un mois en arrière. Que de temps perdu !

– Monsieur Bernard, avez-vous les coordonnées de cet ingénieur du son ? Du théâtre de Bordeaux ? De l'hôpital Saint-André ?

– Aucun problème. Vous pouvez patienter une minute ?

– Et peut-être, ajouta-t-elle avec un espoir un peu fou, peut-être connaissez-vous l'identité de la personne décédée ?

– Non. Mais l'hôpital vous la communiquera sûrement.

Pendant qu'Alain Bernard, à Bordeaux, effectuait ses recherches, Max pénétra dans le bureau de Logicielle. Constatant l'agitation et l'impatience de sa collègue, il demanda à voix basse :

– Du nouveau ?

– Oui. Même si c'est du nouveau qui date du mois dernier. Lis.

Elle lui mit sous le nez l'article du journal *Sud-Ouest*. Dubitatif, Max hocha la tête.

– Un décès pendant une exécution... c'est normal, non ?

– Ce n'est pas le moment de faire de l'humour ! Monsieur Bernard ? Oui, je suis là, je vous écoute... Je vous remercie.

Elle griffonnait rapidement, raccrocha.

– Max ? Tu décommandes mes rendez-vous. Plus d'interrogatoires aujourd'hui. Appelle ce numéro et demande Daniel Lafoucrière.

– Qui ça ?

– L'ingénieur du son chargé d'enregistrer le concert du 27 mai au soir, à Bordeaux. Essaie d'obtenir des détails sur l'incident.

Max rejoignit son bureau voisin tandis que Logicielle composait le numéro de l'hôpital Saint-André. Elle finit par obtenir l'employée chargée de tenir les registres, qui lui déclara :

– C'est peut-être ça, j'ai une admission en urgence le 27 mai à vingt-trois heures dix. Un certain Jean Marinier. Né le 12 octobre 1932 à...

– La cause du décès, mademoiselle ? Car cette personne est morte chez vous, n'est-ce pas ?

– Attendez. J'ai ici quelqu'un qui va vous renseigner. Aline, c'est toi qui étais de nuit, le mois dernier ?

Une nouvelle voix féminine la salua. Logicielle lui répéta la question. La dénommée Aline réfléchit à peine avant de répondre :

– Ce qui est sûr, c'est que la personne était déjà morte quand elle est arrivée ici.

– De quoi ? De quoi ? répéta Logicielle au bord de l'énervement.

– Je l'ignore. Nous n'avons pas l'acte de décès. Je puis simplement vous dire que le corps de Jean Marinier n'est pas resté chez nous très longtemps. Le matin du 28, il est reparti.

– Comment ça, il est reparti ?

– À la demande d'une personne de sa famille, répondit Aline. Il est fréquent que les proches d'un défunt refusent de le laisser à l'hôpital. Parfois, le corps est rapatrié à son domicile. D'autres fois, il est orienté vers un funérarium. Tout dépend du lieu où la famille souhaite qu'ait lieu l'inhumation...

– Mais quel médecin a autorisé son transfert ?

Il y eut un froissement de papiers. Enfin, Aline déclara :

– C'est Adrienne Marinier. L'épouse du défunt. Évidemment puisque c'est elle qui se trouvait dans l'ambulance quand on a amené Jean Marinier ici ! Quant au médecin... tiens, c'est bizarre ! Ah, oui, je me souviens.

Logicielle piétinait d'impatience.

– De quoi vous souvenez-vous ?

– Ce n'est pas l'interne de service qui a signé le permis d'inhumer. C'est le médecin traitant du défunt. Il est arrivé presque en même temps que l'ambulance. Mme Marinier l'avait appelé. Mais son mari était déjà mort, il n'y avait plus rien à faire.

– Aline, pouvez-vous me donner les coordonnées de l'interne de service ce soir-là et celles du médecin de M. Marinier ?

À nouveau, Logicielle dut patienter, les infirmières et les employées s'expliquant à voix basse.

– Pour l'interne, cela risque d'être difficile, il est parti en mission avec Médecins sans frontières. Du côté du Rwanda, je crois. Mais le docteur Lehmann, lui, habite la banlieue proche de Bordeaux. Comme les Marinier. Vous avez de quoi noter ?

– Je note. Si je comprends bien, le défunt, en arrivant à l'hôpital, a été examiné par deux docteurs ?

Logicielle crut qu'Aline étouffait un rire léger. Elle confirma :

– Oui. Mais croyez-moi, c'était un surcroît de précaution inutile : la personne était bien morte !

En raccrochant, Logicielle songea qu'il était invraisemblable, en cas de mort suspecte, que l'un des deux médecins n'ait pas ordonné une autopsie. Mais peut-être y avait-il eu une autopsie ! L'interne ? Elle jugea préférable de le laisser de côté pour l'instant. Le docteur Lehmann offrait une piste beaucoup plus intéressante puisqu'il était le médecin traitant du défunt. Elle l'appela aussitôt. Une voix féminine, sur répondeur, l'informa :

« Le docteur Lehmann est en vacances. En cas d'urgence... »

Elle jura, renonça à appeler son remplaçant et composa le numéro des Marinier. Il y eut cinq, six, huit sonneries prolongées.

– Elle est peut-être dans son jardin. Ou partie faire quelques courses. Ou sur la tombe de son mari. Un mois... Au fait, on ne sait jamais...

Elle appela le centre de médecine médico-légale de Bordeaux, se présenta, épela le nom de Marinier...

– Non, lui fut-il répondu. Aucune autopsie à ce nom ce mois-ci, ni les précédents.

À cet instant, Max surgit.

– Difficile à joindre, ton ingénieur du son ! Il est en plein enregistrement. Il t'appellera cet après-midi ! Et de ton côté ?

Logicielle livra le détail de ses recherches et résuma :

– Bien sûr, ces deux décès survenus pendant cette *Symphonie du sacre*, c'est peut-être un hasard. J'en serai convaincue quand Lehmann m'aura dit de quoi est mort Jean Marinier.

– Euh... si on l'avait retrouvé avec un poignard dans le dos ou la poitrine criblée de balles, son médecin n'aurait pas signé le permis d'inhumer les yeux fermés !

Logicielle échafaudait mille hypothèses. Toutes reposaient sur les causes de ce décès du mois dernier. Plusieurs fois, elle tenta de joindre Mme Marinier. En vain.

À treize heures, elle eut, comme promis, un appel de Daniel Lafoucrière.

– On m'a dit qu'un certain Maxime cherchait à me joindre de toute urgence ?

Logicielle se présenta. Expliqua ce qu'elle désirait.

– Des détails ? répondit l'ingénieur du son. Ma foi, je n'ai pas grand-chose à vous livrer. Comme le public et les musiciens, j'ai entendu le cri d'une femme, puis un appel au secours. Des gens se sont levés. Le brouhaha des premiers rangs a bientôt couvert l'orchestre. Alain Barlon s'est interrompu... J'ai stoppé l'enregistrement, sachant que ce concert ne pourrait pas être diffusé. Deux personnes ont transporté un spectateur inerte hors de la salle. Entretemps, un mouvement de panique s'était propagé jusqu'au premier balcon. Le Grand Théâtre a commencé à se vider. Le chef voulait reprendre le dernier mouvement mais les spectateurs restants n'arrêtaient pas de gigoter, de se lever des fauteuils, de demander ce qui s'était passé. Le public a fini par sortir sans que le concert ait repris.

– Et juste avant l'incident, vous n'avez rien entendu ni remarqué ? Un cri, un appel, un avertissement ? Ou un... un coup de feu ?

– Un coup de feu ? Ma foi non. Parce que vous pensez que quelqu'un aurait tiré sur ce monsieur ?

Un instant, Logicielle songea à joindre des spectateurs ayant assisté au concert. Ou Alain Barlon lui-même. Il n'avait rien vu, songea-t-elle ; comme tous les chefs d'orchestre, il tournait le dos au public. Cette première fois, ce n'était pas le chef qui était visé.

Visé…

– Monsieur Lafoucrière, serait-il possible d'avoir l'enregistrement de cette soirée ? Notamment la fin du concert ?

Elle n'espérait pas vraiment déceler un indice sonore. Elle voulait savoir à quel moment la victime avait succombé. Elle avait déjà sa petite idée.

– Ma foi, j'ai encore la bande, répondit Lafoucrière. Au téléphone, vous n'entendrez pas grand-chose. Voulez-vous que je vous envoie une copie sur cassette ?

Logicielle bougonna. Dommage qu'il n'existe pas encore de fax sonore haute-fidélité.

Elle réfléchit à peine quelques secondes avant de répondre :

– Cela prendrait trop de temps. Si j'étais à Bordeaux ce soir, pourriez-vous me faire entendre votre enregistrement ?… Oui, dites-moi où je vous trouverai.

Elle tenta encore de joindre Mme Marinier. Qu'elle soit toujours absente la convainquit ; elle consulta les horaires des trains et rappela le commissariat de Bergerac.

– Germain ? Il me faudrait enquêter un ou deux jours sur place. J'ai un TGV à quinze heures vingt-cinq qui arrive à Libourne…

– … à dix-huit heures trente-trois, compléta Germain. J'y serai. Aucun problème.

Dix secondes plus tard, Logicielle entrait sans frapper dans le bureau de Delumeau qui, surpris, leva la tête de ses papiers.

– Commissaire ? Je crains qu'il n'existe un lien entre le meurtre de Constant Sylvestre et une autre mort suspecte survenue à Bordeaux. J'aimerais m'y rendre au plus vite.

Delumeau hésitait. Quand des frais se pointaient à l'horizon, il exigeait des comptes. Elle précisa :

– Je voyagerai en seconde classe. Pas de frais de taxi ni d'hôtel. L'inspecteur Germain, de Bergerac, me prendra en charge. Je serai de retour après-demain. C'est très sérieux. Max vous expliquera.

Le commissaire se racla la gorge en hochant la tête ; c'était sa manière la plus aimable d'approuver.

♮

En réunissant ses dossiers dans son bureau, Logicielle se fit happer par Max. Resté aux aguets, son adjoint n'avait pas perdu une miette des conversations. Gravement, il lui chuchota à l'oreille :

– Je sais qui a tué Constant Sylvestre et Jean Marinier...

Et comme elle écarquillait les yeux, incrédule, il ajouta :

– C'est toi, Logicielle ! Je sais que tu es capable de tout pour passer deux jours dans le Périgord... chez ton vieil ami Germain.

La mesure fatidique

Gare Montparnasse, Logicielle acheta plusieurs journaux. Pendant le trajet, elle glana les articles sur Constant Sylvestre. Les quotidiens lui consacraient une nécrologie abondante mais passaient l'origine du décès sous silence. L'assassinat n'avait pas été ébruité. Les magazines titraient déjà en gros caractères :

LE NOE FAIT NAUFRAGE

UN GRAND CHEF NOUS A QUITTÉS

LE NOUVEL ORCHESTRE EUROPÉEN EST EN DEUIL

En arrivant à Libourne, elle aperçut aussitôt Germain sur le quai. Ils se jetèrent dans les bras l'un de l'autre.

– On dirait que vous avez maigri ? dit-elle à son ancien supérieur.

– Non. J'ai seulement arrêté de grossir. C'est déjà très difficile quand on habite au pays des truffes et du foie gras. Mais vous, Logicielle, vous êtes de plus en plus jolie ! J'espère que Max vous le répète souvent ?

– Hélas, Max a d'autres soucis en tête...

Elle lui expliqua la récente bavure de son adjoint. La voiture de l'inspecteur traversa la ville et rejoignit la rocade. Un quart d'heure plus tard, Germain empruntait une bretelle.

– Artigues est une proche banlieue de Bordeaux, expliqua-t-il à sa passagère. Les Marinier habitent la cité des Lilas.

Ils traversaient une zone pavillonnaire bordée de vignobles.

– Le 5, c'est cette maison blanche.

Ils avancèrent jusqu'au portail qui ouvrait sur un petit jardin fleuri et bien entretenu. Germain nota :

– Les volets sont fermés. Et la boîte aux lettres est pleine.

Logicielle redouta que la maison ne fût à vendre. Comme ils hésitaient sur la conduite à adopter, leur attention fut attirée par de joyeuses exclamations. Sur la pelouse d'un pavillon proche, une dizaine de personnes étaient rassemblées autour d'un barbecue. Les bouteilles circulaient et les conversations allaient bon train.

– Ma foi, murmura Germain, c'est l'heure de l'apéritif, pas vrai ? Essayons de nous faire inviter...

Ils entrèrent, se présentèrent. Deux minutes plus tard, ils devisaient, un verre en main, avec ce groupe de résidents qui s'étaient réunis pour fêter le début des vacances scolaires.

– Ainsi, vous êtes de la police ? Rien de grave, au moins ?

– Non, répondit Logicielle en souriant. Je venais m'entretenir avec Mme Marinier à propos de la mort récente de son mari.

– Ah, pauvre Adrienne ! dit une jeune femme en bermuda.

– Elle est partie en voyage vendredi dernier, ajouta une dame plus âgée. C'est moi qui ai insisté : elle devait se changer les idées. Et puis voilà des années qu'elle rêvait de cette croisière sur le Nil.

– Elle sera de retour vers le 10 juillet. Revenez à ce moment-là.

Le jour de l'assassinat de Constant Sylvestre, Mme Marinier était déjà loin, pensa Logicielle.

– Et son mari, de quoi est-il mort, exactement ? demanda-t-elle.

– D'un infarctus, il me semble ?

Les avis divergeaient. Le voisin le plus proche affirma :

– Non : d'une crise d'hyperglycémie. Jean était diabétique, vous le savez bien ! Oui, mademoiselle, il a eu un coma brutal. C'est ce que m'a expliqué le docteur Lehmann.

– Vous connaissez le docteur Lehmann ? reprit Logicielle.

– Il habite à deux pas d'ici !

– J'aurais aussi voulu le voir. Mais je crois qu'il est en vacances ?

– Oui. À l'île de la Réunion, avec sa femme et ses deux enfants. Il part là-bas chaque année, toujours fin juin.

Logicielle apprit que les Marinier étaient des enseignants retraités. Des gens aimables, paisibles, cultivés, amateurs de voyages, de théâtre, de randonnées. Le docteur Lehmann était connu et apprécié par la plupart des gens de la résidence.

Logicielle laissa à l'intention du docteur Lehmann et d'Adrienne Marinier deux lettres, où elle les priait de la joindre dès leur retour.

– Jean Marinier a été inhumé ici, à Artigues ? s'informa Logicielle.

– Le 31 mai, précisa aussitôt la jeune femme en bermuda. J'ai moi-même assisté à la crémation.

– La crémation ?

– Oui, il a été incinéré.

Logicielle avait pâli. Elle hésitait entre déception et fureur.

– Mais qui a demandé à ce qu'il soit incinéré ? Qui ?

Sa colère contenue provoqua un flottement parmi les voisins.

– Sans doute était-ce sa volonté ? Il faudrait interroger Adrienne...

Germain et elle remontèrent en voiture.

– Incinéré ! Plus aucune autopsie n'est possible !

– Ne vous énervez pas ainsi, Logicielle.

– Tout ce trajet pour en apprendre si peu !

– Qu'espériez-vous ? À cette époque de l'année, les gens partent en congé. Vous soupçonnez Adrienne Marinier d'avoir tué son mari avec la complicité du docteur Lehmann ? Et vous pensez qu'ils sont partis ensemble au soleil ? Alors ils connaissent mal leur géographie. Car entre le Nil et la Réunion, il y a quelques milliers de kilomètres...

– Non. J'espérais découvrir un rapport entre Sylvestre et Marinier. Mais la vie de ces gens ne présente aucune zone d'ombre.

La voiture franchit le pont de pierre pour gagner le centre-ville. Logicielle jeta un coup d'œil sur la Garonne dont les eaux avaient déjà des couleurs d'océan. Germain demanda :

– Au fait, où allons-nous maintenant ?

– Aux studios de Radio France.

♮

Une demi-heure plus tard, les deux policiers retrouvaient l'ingénieur du son dans un local minuscule et clos, bordé d'un long panneau vitré.

– Venez dans le studio, leur dit-il. J'ai mis la bande en place. Les conditions d'écoute sont excellentes.

Logicielle grimaça. La musique classique n'était pas son fort.

– Vous ne m'avez pas fait de copie sur cassette ? demanda-t-elle.

– Si, bien sûr. La voici.

– En ce cas, je l'emporte. Je vous remercie.

Lafoucrière eut une expression réprobatrice et dépitée qui signifiait : je doute que votre matériel d'écoute ait la même qualité que le mien.

Mais Logicielle préférait rejoindre la maison de Germain et dîner dans le crépuscule, sous le grand tilleul.

Ils quittèrent les studios, repassèrent par Libourne et Castillon-la-Bataille avant de rejoindre, au bord de la Dordogne, la maison que possédait Germain à vingt kilomètres de Bergerac.

– Installez-vous, lui dit l'inspecteur en lui désignant les fauteuils du jardin. Je vais placer les enceintes à l'extérieur. Ce sera un dîner-concert en plein air.

Germain avait tout prévu : la salade périgourdine, le confit accompagné de pommes de terre sarladaises et un côte de Duras vieilli en fût de chêne. Contrairement à ce que redoutait Logicielle, elle écouta la retransmission de ce concert du 27 mai sans déplaisir. Le premier morceau, *Le Mandarin merveilleux* de Béla Bartók, la surprit par ses aspects violents et ses harmonies contrastées. Tandis qu'elle chronométrait, Germain, qui allait et venait de la cuisine à la terrasse, lui expliquait :

– Le plus souvent, un concert de musique classique comprend deux parties. La première n'est qu'une sorte de mise en bouche, un prélude à la seconde, qui constitue le morceau de résistance.

– Vous avez raison, dit Logicielle en déchiffrant le minutage que Lafoucrière avait soigneusement inscrit, l'œuvre de Béla Bartók dure vingt minutes et six secondes. Et après un entracte de vingt-quatre minutes, *La Symphonie du sacre* occupe près d'une heure. Dix-huit minutes pour le premier mouvement, vingt-sept pour le deuxième et treize pour le troisième – mais son exécution est inachevée.

– Une symphonie en trois mouvements ? C'est peu académique.

Logicielle posa la partition sur la table et fit signe à Germain de se taire ; c'était l'entracte et elle était à l'affût d'un indice qui pût surgir dans le brouhaha du public. Mais rien de particulier ne se produisait.

Bientôt, le silence s'installa. On entendit les pas des musiciens qui revenaient, s'installaient. Des applaudissements saluèrent l'arrivée d'Alain Barlon. Et le concert reprit.

– Voilà donc cette fameuse *Symphonie du sacre* ! murmura-t-elle.

Le premier mouvement, vif et joyeux, lui sembla plus traditionnel que l'œuvre de Béla Bartók. Ici, la clarinette égrenait une mélodie populaire, que les cordes reprenaient avec des accords langoureux. Là, des cuivres échangeaient de façon tour à tour cocasse et vindicative des dialogues qui rappelaient la chasse ou la guerre. Le deuxième mouvement lui, était lent et triste. Les harmonies devenaient dures et grinçantes.

– Vous connaissiez cette symphonie, Germain ? demanda-t-elle.

– Non. Vous savez, mon intérêt pour la musique classique s'arrête au milieu du XXe siècle. Je suis même étonné de pouvoir entendre cette œuvre contemporaine. D'ordinaire, ce qu'écrivent les compositeurs d'aujourd'hui m'arrache les oreilles !

– Griocek est encore vivant ?

– Voyons, Logicielle, vous ne vous souvenez pas ? Il a composé cette œuvre après l'indépendance de ce petit pays, du côté de la Roumanie et de la Bulgarie.

– Ah ! Voici le dernier mouvement, interrompit-elle. Écoutons attentivement. Eh, c'est carrément discordant.

– Oui. Mais pas désagréable... Ça y est, ça s'organise.

Une mélodie surgissait, évoquant une marche impérieuse. Logicielle ne quittait pas des yeux la trotteuse de sa montre : onze, douze minutes... L'interruption approchait.

Un long crescendo commença. Cordes, cuivres et bois s'unissaient en une immense marée montante. Enfin, la mélodie culmina à un sommet que soulignèrent timbales et cymbales.

C'est dans le bref écho qui suivit que Logicielle distingua un cri aigu. Puis, entre deux accords mugissants, on entendit distinctement, prononcé par une voix féminine : « Au secours... À l'aide, s'il vous plaît ! »

La symphonie se poursuivait dans un certain désordre. Une trompette ébaucha trois notes. L'orchestre, tout à coup, semblait hésiter devant la conduite à adopter. Ensuite, en quelques secondes, les instruments se turent. Et l'on n'entendit plus, dans la salle murmurante et étonnée, que des questions mêlées, à voix haute, et plusieurs ordres : « Poussez-vous, mais poussez-vous donc... Oui, laissez-le passer ! ... Est-ce qu'il respire encore ?... Je ne crois pas, il faut l'évacuer ! »

Le reste n'apprit rien à Logicielle. Dix fois, elle réécouta le même passage sans rien noter de particulier.

Dans le jardin paisible, la nuit était tombée ; inlassablement, des pipistrelles chassaient les moustiques en tournoyant autour du grand tilleul. L'inspecteur apporta le café.

– À quoi bon vous entêter, Logicielle ?

– Vous entendez, Germain, ce vaste crescendo, à la quinzième minute du dernier mouvement ? Souvenez-vous, Jean Marinier a succombé au maximum d'intensité dramatique et musicale.

– C'est possible. Et alors ?

– Eh bien Constant Sylvestre est mort à ce même moment. J'en suis à peu près sûre. À une ou deux secondes près. Du côté de la 114e mesure.

Concert à haut risque

– Je peux entrer ?

Logicielle se réveilla en sursaut. Le soleil inondait sa chambre. Elle aperçut Germain qui déposait sur son lit un plateau avec un bol, des tartines, plusieurs croissants.

– J'ai dormi comme une souche !

– Je viens d'avoir Alain Barlon au téléphone. Il a accepté de nous recevoir juste avant le concert qu'il donne ce soir. Je ne sais pas si cela vous sera utile, mais puisque vous êtes sur place...

– Germain, pourquoi êtes-vous venu vous enterrer ici ? À Saint-Denis, vous me seconderiez bien plus efficacement que Max !

Elle rougit. Si Germain était resté à Saint-Denis, c'est elle qui aurait été sous ses ordres. Et elle s'en voulut d'avoir dénigré Max.

Elle passa le reste de la matinée à appeler quelques hôtels à la Réunion. Sans trouver de docteur Lehmann. Après le déjeuner, elle demanda à Germain de l'emmener à Bordeaux, au Grand Théâtre. Mais l'examen attentif de la salle se révéla négatif. La mort de Jean Marinier remontait à un mois. Logicielle ignorait quel fauteuil il avait occupé. En revanche, après qu'Alain Barlon eut examiné sa partition de *La Symphonie du sacre*, il confirma :

– Oui. Cela se situait vers la mesure 114, vous avez raison.

– Vous permettez ?

Logicielle feuilleta l'épais ouvrage avec précaution. Rien. Aucun sachet empoisonné collé entre les pages, forcément. Et ce procédé n'aurait eu aucun effet à distance sur un spectateur.

– Pourquoi avoir mis cette symphonie à votre programme ?

– Ma foi, j'ai cédé à la pression des médias. Et le responsable de la programmation m'a affirmé que nous attirerions un large public.

– Cette œuvre est donc populaire ?

– Moins l'œuvre elle-même que le pays dont elle est devenue le symbole : la nouvelle petite royauté de Braïlie.

– La Braïlie, c'est ça ! s'exclama Germain en aparté.

– Il y a quelques années, rappela le chef d'orchestre, la population de cette région obtint son indépendance et porta au pouvoir le roi Pierre III. Il fallait l'introniser en grande pompe.

On fit alors appel à un compositeur local : Milan Griocek. À cette occasion, il écrivit *La Symphonie du sacre*. L'œuvre fut interprétée pour la première fois pendant la cérémonie du couronnement. Puis elle acquit une popularité qui dépassa les frontières du pays. Parfois, l'engouement du public plébiscite un air ou un morceau. Et sa notoriété dépasse celle de son créateur.

– Vous n'avez pas une bonne opinion de cette symphonie, semble-t-il ?

– Mais si ! se récria Alain Barlon. C'est une œuvre intéressante. Honnêtement écrite. Oh, elle ne renouvelle pas la musique, dans vingt ans on n'en parlera plus, Griocek est un compositeur mineur. Mais la Braïlie doit être très fière qu'il soit l'auteur d'une symphonie dont la popularité a franchi les frontières !

– Une dernière chose, j'aimerais beaucoup entendre cette symphonie dans son intégralité. Et mieux connaître les conditions dans lesquelles elle a été composée.

Le chef réfléchit avant d'affirmer :

– À ma connaissance, il n'en existe qu'une version. Celle qu'a enregistrée Adolphe Loustachi avec son orchestre, l'an dernier. Loustachi, si ma mémoire est bonne, est le chef qui a créé l'œuvre en Braïlie lors du couronnement de Pierre III. Pardonnez-moi, mais le concert va bientôt commencer. Je dois rejoindre mes musiciens...

Logicielle prit congé d'Alain Barlon et Germain la conduisit à la gare Saint-Jean sans forcer l'allure.

– Vous avez raté le dernier TGV, Logicielle. Vous êtes sûre de vouloir prendre un train de nuit ? Nous pouvons rentrer et...

– Vous êtes gentil, Germain. Mais vous avez déjà fait beaucoup. Et si Delumeau ne me voyait pas au commissariat demain matin...

♮

Comme le train ne partait que vers vingt-deux heures, ils allèrent au buffet de la gare et commandèrent un sandwich. Sur sa serviette en papier, Logicielle nota :

« 27 mai, 22 h 55 au Grand Théâtre de Bordeaux, mort de Jean Marinier, 62 ans, spectateur.

26 juin, 22 h 50 à la basilique Saint-Denis, assassinat de Constant Sylvestre, 85 ans, chef d'orchestre.

Point commun : décès survenus pendant l'exécution de *La Symphonie du sacre*, mesure 114. »

Elle réfléchit et soupira. En glissant cette note dans son sac, elle aperçut son téléphone portable. Par discrétion, elle l'avait éteint depuis qu'ils s'étaient rendus au Grand Théâtre.

– J'ai un message, constata-t-elle en le remettant en fonction. Vous permettez, Germain ?

Elle n'avait pas un, mais trois messages. Tous émanaient de Max. Il avait tenté de joindre sa collègue à vingt heures cinq, vingt heures trente et vingt et une heures.

Chaque fois, il répétait :

– Logicielle ? C'est très, très important ! Trop long à t'expliquer. Rappelle-moi d'urgence sur mon portable !

D'abord, elle crut à l'une des fréquentes plaisanteries de son adjoint. Puis elle comprit qu'elle avait négligé un détail essentiel, un détail qui n'avait pas échappé à Max. Lequel ? Devant elle, Germain, un demi de bière à la main, l'interrogeait du regard.

– Non, rien de grave, je crois, le rassura-t-elle. Mais je dois joindre Max. Vous permettez ?

Elle attendit vingt secondes avant qu'il ne décroche. Sa voix était lointaine, couverte par d'étranges grondements.

– Logicielle ? Enfin... je ne t'espérais plus ! Du nouveau ?

– Comment ça, du nouveau ?

– As-tu la preuve que Marinier a bien été assassiné ?

– Non. Il faut attendre. Pourtant une chose est sûre : il est mort exactement au même moment que Constant Sylvestre, à la 114e mesure.

– Je m'en doutais ! dit Max.

Il hurlait dans le combiné. Logicielle reprit, impatiente :

– Tu voulais me joindre d'urgence ? Pourquoi ?

– Réfléchis, Logicielle : l'assassin a déjà fait deux victimes à la 114e mesure du troisième mouvement de *La Symphonie du sacre*...

À cette seconde, Logicielle sut ce qui lui avait échappé.

– Il n'y a aucune raison pour que ça s'arrête, poursuivit Max. Ce matin, quand cette déduction m'a semblé évidente, je me suis lancé dans une recherche qui a occupé toute ma journée. J'ai consulté les magazines qui publient les programmes des concerts. Entre le 27 mai et le 26 juin, un autre orchestre a interprété cette œuvre – le 26 juin également, à Belfort. Constant Sylvestre était assassiné le même soir. Mais avec l'été et les vacances, les festivals se multiplient. *La Symphonie du sacre* est programmée six fois en juillet, dans les lieux les plus divers.

Pourquoi n'y avait-elle pas pensé plus tôt ? Logicielle pressentait le pire. Et le pire, c'est ce que Max lui annonça :

– ... et une dernière fois en juin. Le mercredi 30. C'est-à-dire ce soir. L'information a failli m'échapper. Elle ne figure dans aucun des magazines que j'ai épluchés. C'est en téléphonant à la rédaction du *Monde de la Musique* que...

– Où ? le coupa vivement Logicielle. Où a lieu ce concert ?

– À Aulnay-de-Saintonge. Une petite ville entre Niort et Saintes. À vingt kilomètres de Saint-Jean-d'Angély, dans les Charentes.

– Et à quelle heure, le concert ?

– À vingt et une heures.

Logicielle leva les yeux vers l'immense horloge de la gare. Il était vingt et une heures cinquante. Le concert avait commencé.

– Dès que j'ai eu cette information, reprit Max, j'ai essayé de te joindre. Et puisque je n'y parvenais pas, je suis parti.

– Tu es parti ? Mais comment ?

– À moto, pardi ! En ce moment, je stationne sur la voie d'arrêt d'urgence de l'autoroute d'Aquitaine. Je suis tout près de Poitiers. D'ici, j'aperçois les bâtiments du Futuroscope.

Malgré elle, Logicielle effectua le calcul : Max avait quitté la banlieue parisienne après vingt heures. Il avait donc effectué plus de trois cents kilomètres en moins de deux heures.

– Max, c'est de la folie, tu vas te tuer !

– Je serai sur place dans une demi-heure. Avant la fin du concert.

– Max ? Je te rejoins. Je ne sais pas encore comment. Quant à toi, pas d'imprudence, par pitié : il ne faudrait pas que cette symphonie maudite fasse une nouvelle victime ce soir !

– C'est pour ça que je me dépêche, Logicielle.

Il n'avait pas compris. Elle précisa avant de se déconnecter :

– Je ne pensais pas au concert mais à la route. Je tiens à toi, Max !

♮

Germain n'avait pas entendu les réponses de Max. Pourtant, il demanda aussitôt :

– Où a lieu ce concert ?

– À Aulnay-de-Saintonge. Près de Saint-Jean-d'Angély.

– C'est à… voyons : un peu plus de cent kilomètres d'ici.

L'inspecteur acheva sa bière, se leva et laissa un billet sur la table.

– Mon train s'arrête à Angoulême, dit Logicielle en consultant les horaires avec fébrilité. Pensez-vous que… ?

– C'est vous qui n'y pensez pas : en train, vous serez à Angoulême vers minuit. Le temps que vous trouviez un taxi et rejoigniez Aulnay, le concert sera terminé. Nous y allons. Vite !

Symphonie-massacre

Logicielle avait suivi Germain sans discuter. Tandis qu'elle examinait la carte, il lui affirma :

– Nous arriverons avant vingt-trois heures. Sans commettre d'imprudence.

Logicielle espérait que le concert aurait du retard. Une autre œuvre devait précéder *La Symphonie du sacre*. Et puis il y avait sûrement un entracte.

– En ce moment, murmura-t-elle, l'orchestre doit entamer la seconde partie du programme. Il faut cinquante-huit minutes pour parvenir à la 114e mesure du troisième mouvement.

Mais certains chefs dirigeaient plus vite, ou plus lentement.

Ils roulaient sur l'autoroute quand Germain ordonna :

– Logicielle ? Souriez, vite !

Sans comprendre, elle obéit. Et sursauta quand jaillit un flash du bas-côté de la voie.

– C'est le radar de Saint-André-de-Cubzac, expliqua joyeusement l'inspecteur. Et comme je dois dépasser les cent trente... Ce n'est pas tous les jours que nous avons l'occasion d'être photographiés ensemble !

Quand Germain emprunta la sortie vers Saint-Jean-d'Angély, il était vingt-deux heures quarante-cinq. Logicielle eut à peine le temps d'apercevoir deux tours illuminées ; déjà, le véhicule fonçait sur une départementale dégagée. Logicielle songea que Max devait être arrivé. Elle résista à l'envie de l'appeler.

À vingt-deux heures cinquante-cinq, ils entrèrent dans Aulnay-de-Saintonge. Elle s'exclama :

– Max ne m'a même pas précisé où le concert avait lieu !

– Sûrement dans l'église romane. C'est la curiosité du pays. Et ce bourg n'a pas deux mille habitants. Tenez, regardez...

Sur les bas-côtés de la route, des dizaines de voitures étaient garées. Deux cents mètres plus loin se dressait, plantée au milieu de cyprès pointus et dispersés, la flèche blanche d'une église.

Germain se gara en double file, mit les warnings, verrouilla sa voiture. Ils traversèrent en courant l'esplanade de graviers, arrivèrent au portail sud où Logicielle déchiffra la pancarte.

Dans le cadre du festival de Saintes

mercredi 30 juin à 21 heures

A. Loustachi dirige l'**orchestre Loustachi** dans :
La Grande Pâque russe,
ouverture de Rimsky-Korsakov
et
La Symphonie du sacre
de Milan Griocek

De l'extérieur leur parvenaient, assourdis par les murs de pierre, les échos d'accords puissants.

– Dieu merci, souffla Logicielle, nous arrivons à temps !

En vain, elle essaya de localiser la moto de Max. En principe, il aurait dû la ranger près de l'entrée, et elle n'y était pas.

Le portail franchi, ils se retrouvèrent dans un étroit vestibule aménagé en billetterie ; mais personne n'était assis derrière la table où s'alignaient des carnets de billets, des cartes postales, des CD...

Logicielle poussa le battant rembourré de cuir ; les spectateurs assis au dernier rang lancèrent un ou deux chuts. On jeta un œil noir aux arrivants qui s'immobilisèrent, immergés dans la moiteur, la pénombre et la clameur des instruments.

Comme la plupart des églises, celle d'Aulnay semblait plus vaste à l'intérieur, mais son volume n'avait rien de comparable à celui de la basilique de Saint-Denis. Les sièges des bas-côtés étaient vides. Logicielle estima à deux cents le nombre de spectateurs.

– C'est le début du troisième mouvement ! chuchota-t-elle.

Sans répondre, Germain lui désigna la contre-allée de gauche. Ils la rejoignirent sur la pointe des pieds et, de colonne en colonne, se rapprochèrent du chœur. Là, sur une estrade de fortune dressée devant l'autel, une quarantaine de musiciens jouaient à l'unisson. Leur chef était un petit homme mince et nerveux, d'une cinquantaine d'années, vêtu d'une queue-de-pie.

Embrassant d'un coup d'œil les spectateurs assis, Logicielle tenta de repérer Max. Elle ne le trouva pas.

– Là-bas, il y a deux places libres, lui murmura Germain à l'oreille.

Elle lui répondit par un signe : non, elle préférait rester ici, à six mètres du chef d'orchestre, appuyée sur cette colonne. Position inconfortable car la chaleur d'un projecteur fixé au-dessus d'elle commençait à lui chauffer le crâne.

Soudain, elle se demanda ce qu'elle faisait là. Qu'un crime pût être commis dans les minutes qui allaient suivre lui semblait impensable. Elle se sentit ridicule.

Germain l'interrogea d'un regard qu'elle ne sut traduire. À tout hasard, elle lui répondit à voix basse :

– La mesure 114, c'est dans quatre ou cinq minutes...

Elle était étonnée d'avoir si bien mémorisé la mélodie. Que faire ? S'élancer vers l'orchestre en exigeant que le concert soit interrompu ? Mais sous quel prétexte ? Que dirait le public ? Elle aurait l'air fin. Surtout si, comme elle le pensait à présent, rien ne laissait envisager un meurtre. Fixant le chef d'orchestre, elle constata qu'il n'avait aucune partition devant les yeux.

« Suis-je bête, se dit-elle, c'est Adolphe Loustachi ! »

Alain Barlon le lui avait appris trois heures auparavant : Loustachi était le premier à avoir dirigé cette symphonie lors du sacre du roi de Braïlie. Il l'avait aussi enregistrée sur CD. Il la connaissait donc par cœur. Depuis plusieurs années.

♮

Tandis que le vaste crescendo entamait sa lente montée, Logicielle scruta le public. Un spectateur, en ce moment même, était-il visé ? Mais de quelle façon et par qui ?

Son regard revint vers les musiciens. À présent, ils se démenaient. Là-bas, deux cornistes s'époumonaient en gonflant les joues. Plus près, les premiers violons frottaient furieusement leur archet sur les cordes.

Loustachi essuya sa moustache et son front d'un rapide revers de manche. Il ne tenait pas de baguette. Ou plutôt ses dix doigts, qu'il avait très longs et déliés, étaient autant de baguettes qu'il tordait et agitait avec une stupéfiante mobilité.

– Nous y sommes, murmura Logicielle à l'oreille de Germain.

Son cœur battit plus vite et plus fort. Peut-être parce que la musique, pompeuse et triomphante, évoquait un événement imminent. Ou parce qu'en son for intérieur, Logicielle pressentait le pire. Oui, un drame allait survenir. Forcément.

Loustachi abaissa ses mains d'un coup sec. Signal d'un accord brutal qui soulignait un paroxysme ! Au milieu de l'écho rugissant des instruments jaillit un cri bref, en même temps qu'un énorme grésillement.

Aussitôt, projecteurs et lampes s'éteignirent. Le public, à l'unisson, poussa un « oh ! » de dépit. Docile, l'orchestre, sur sa lancée, poursuivit le concert pendant quelques secondes. On entendit un corps chuter lourdement sur la grosse caisse. Contrebassistes et cuivres cessèrent de jouer.

Privés de lumière pour lire les partitions, plusieurs musiciens s'interrompirent. L'église n'était plus éclairée que par les cierges qui, ici et là, diffusaient une vague et tremblotante lueur.

Le public, alerté, devina que la coupure de courant se doublait d'un autre incident, plus grave. Des cris et des questions jaillirent. Le chef, lui, continuait de trépigner. On eût dit que cette perturbation inattendue excitait son impatience.

– C'est le percussionniste ! hurla Germain.

Loustachi pivota vers l'inspecteur, observa les spectateurs des premiers rangs qui s'étaient levés. Puis il refit face à son orchestre. Il se hissa sur la pointe des pieds pour examiner ce qui se passait du côté des timbales. Mais il dirigeait toujours, à l'aveuglette, pour six ou sept musiciens obstinés qui tentaient de suivre ses mouvements.

Logicielle bondit vers l'estrade. Elle rugit :

– Arrêtez ! Mais enfin, arrêtez la musique !

♮

Les musiciens obéirent. Leurs instruments en main, ils se tournèrent vers cette jeune femme qui se frayait un chemin parmi eux. Le tromboniste et les deux trompettistes, eux, étaient déjà penchés sur leur collègue.

Le percussionniste était affalé entre le xylophone et le tréteau qui supportait les cymbales. Il pouvait avoir une vingtaine d'années, il était recroquevillé au sol dans une posture étrange ; sa main gauche tenait un triangle, la droite une tige de métal. Son corps dégageait une forte odeur de chair brûlée.

Abandonnant leur archet, les contrebassistes se précipitèrent vers leur camarade.

– Non ! hurla Logicielle. Surtout ne le touchez pas ! Je crois qu'il a été électrocuté.

Dans l'église, les spectateurs s'étaient levés. Plusieurs, parmi ceux des premiers rangs, avaient même envahi l'estrade. Il y eut des exclamations d'effroi, des questions, puis une rumeur qui se propagea jusqu'au fond de la nef.

– Il faut appeler les secours ! jeta quelqu'un dans l'assistance.

– Trop tard, répondit Germain qui essayait de contenir la foule.

Désignant le visage bruni et cloqué de la victime, il ajouta :

– Il n'y a plus rien à faire, il est mort.

Triangle mortel

Musiciens et spectateurs observaient Logicielle sans comprendre. Elle extirpa alors de sa poche une carte qu'elle montra à la ronde. Présentant Germain, elle expliqua d'une voix ferme :

– Nous sommes officiers de police. Nous pensons qu'il s'agit d'un assassinat. Que personne ne quitte l'église.

De nouveaux cris jaillirent, effrayés, mécontents ou stupéfaits. Quelques spectateurs braquaient une lampe de poche vers le corps effondré près de l'autel. D'autres, sans vergogne, avaient emprunté les cierges placés face aux nombreux ex-voto qui ornaient les bas-côtés. Et ils se tenaient là, pèlerins figés d'une macabre procession improvisée. Cette foule amassée dans la pénombre, ces bougies éclairant un orchestre en pleine débâcle rendaient la scène surréaliste.

Le chef d'orchestre s'adressa à une jeune violoncelliste :

– Line ? Voulez-vous garder la sortie ?

Logicielle le remercia d'un signe de tête. Redoutant une électrocution, elle réclama des vêtements pour isoler et écarter le corps de la victime. En apercevant les fils électriques attachés à l'instrument de musique que le malheureux percussionniste avait en mains, elle devina aussitôt comment l'assassin s'y était pris. Les fils aboutissaient à une caisse posée derrière l'autel et qui contenait encore plusieurs cloches. Prudemment, elle poussa la caisse du pied et la retourna.

– C'est bien ce que je pensais...

Une boîte de dérivation avait été fixée sous la caisse. Un câble électrique s'en échappait, qui courait sur les dalles de pierre. Jusqu'où ? Logicielle traversa l'abside ; elle parvint à un vitrail dont la base était percée d'une brèche par où passait le câble.

Elle revint vers les musiciens ; Germain téléphonait, il avertissait ses collègues de Saint-Jean-d'Angély, les pompiers, le maire de la commune.

– Ne bougez pas. Je reviens. Vous permettez ?

Elle écarta les spectateurs, emprunta à l'un d'eux une lampe de poche et sortit de l'édifice. En faisant le tour de l'église, elle aperçut nettement le câble qui, du vitrail, courait le long du mur puis sur le sol avant de rejoindre, trente mètres plus loin, la ligne principale de la rue.

– Bon sang, grommela-t-elle, l'assassin a pris d'énormes risques !

Notamment celui d'être vu au moment où il effectuait son diabolique bricolage.

– Il a pu se hisser jusqu'au vitrail, murmura-t-elle, mais pour atteindre le sommet du poteau de bois, il lui fallait une échelle !

Elle poussa ses investigations jusqu'à la rue, examina le poteau ; il portait la trace récente de griffes de métal.

– D'accord. Je vois comment il a procédé.

Avisant un bosquet tout proche, elle fut saisie d'une intuition et alla le fouiller. Elle y découvrit une paire de grosses chaussures munies d'arceaux crantés. Un matériel utilisé autrefois par les agents EDF qui se hissaient ainsi en quelques secondes jusqu'aux fils des lignes électriques. Pourquoi le meurtrier avait-il abandonné cet indice ici ? Avait-il été surpris ?

Songeuse, elle rejoignit le portail sud au moment où plusieurs cars de police arrivaient ; seule la lueur tournoyante de leurs phares éclairait la nuit. La coupure de courant était générale. Logicielle accueillit ses collègues et leur résuma le drame.

– Les spectateurs vont sortir. Pouvez-vous noter leur identité ?

Revenant dans l'église, elle ordonna qu'on évacue les lieux.

Deux cents suspects. Cela faisait encore beaucoup. Par ailleurs, maintenant qu'ils n'étaient plus retenus, les gens semblaient moins pressés de s'éloigner. Elle dut mettre tout ce petit monde à la porte. Enfin, elle revint vers le cadavre que les musiciens entouraient.

– Qui est l'auteur de ce bricolage ? demanda-t-elle sèchement.

Elle désignait le triangle et sa tige noués au moyen de fils dénudés.

– Oui, qui a fait ça ? répéta le chef à ses musiciens d'une voix encore plus accusatrice.

Le flûtiste, très pâle, balbutia :

– Je n'en sais rien. Tout à l'heure, avant le début du troisième mouvement, quand Aimé est allé chercher son triangle derrière l'autel…

– Aimé Larquet. La victime ! expliqua brièvement Loustachi en désignant le corps électrocuté.

– … je l'ai vu sourire en apercevant les fils. Il a cru à une farce.

– Mes musiciens se font souvent des niches, révéla Loustachi en aparté. Aimé était devenu leur… leur cible.

– C'était une très méchante blague, cette fois, dit Logicielle. Qui en a eu l'idée ?

Le ton de sa question était détaché, presque goguenard. Bien entendu, personne ne lui répondit. Elle fit le tour de l'autel, et désigna les boîtes de diverses tailles qui y étaient rangées.

– Un percussionniste a besoin de tant de matériel ?

– Oui, répondit Loustachi. Surtout, ajouta-t-il amèrement, quand un orchestre symphonique est réduit. L'œuvre de Griocek requiert en outre un célesta, des cymbales, un gong, plusieurs cloches...

Logicielle reconstitua ce qui s'était passé au cours de l'exécution de la symphonie : Aimé Larquet n'avait pas eu à utiliser le triangle avant la fin de l'œuvre et il n'avait découvert les instruments attachés qu'en ouvrant la boîte.

Dans le silence qui suivit, Logicielle entendit Adolphe Loustachi faire craquer les os de ses phalanges.

– Bon. Si vous nous expliquiez, mademoiselle ? demanda-t-il avec impatience.

– Avant la représentation de ce soir, quelqu'un est venu ici. Il a pris le temps de bricoler la caisse du percussionniste. Il a relié les deux parties du triangle à un câble électrique branché au réseau. Il savait qu'Aimé Larquet succomberait quand le triangle et sa tige entreraient pour la première fois en contact.

– Tu parles d'un court-circuit, murmura un musicien.

– C'est-à-dire exactement à la 114e mesure du troisième mouvement ! acheva Logicielle comme pour elle-même.

Quelques spectateurs ne perdaient pas une miette de ces révélations. Sans doute avaient-ils échappé à l'évacuation de la salle ou étaient-ils revenus, en curieux. L'un d'eux, fébrile, prenait des notes. Logicielle s'en étonna, l'apostropha. L'autre avoua, le plus innocemment du monde :

– Je ne fais que mon métier, je suis le correspondant local du journal *Sud-Ouest*.

Logicielle faillit lui demander de taire l'information. Mais à quoi bon ? La police de Saintes était sur place. On allait transférer le corps d'Aimé Larquet à la morgue de l'hôpital. Maintenir le silence devenait acrobatique. La nouvelle filtrerait vite. Parmi les musiciens, des questions fusaient déjà à voix basse :

– Tu as vu quelqu'un tourner autour des instruments d'Aimé, toi ?

– Non. Je me trouvais pourtant à côté de lui.

– Et ce câble qui court sur les dalles, dans l'abside, tu l'avais remarqué ?

– Non. Et toi ?

Il fallut se rendre à l'évidence : malgré leurs nombreuses allées et venues dans l'abside avant le concert, aucun des musiciens n'avait noté la présence de ce câble ! C'était incompréhensible.

L'un des spectateurs encore présents s'avança :

– En tout cas, mademoiselle, je peux vous assurer que le câble ne se trouvait pas à l'extérieur cet après-midi.

– Qui êtes-vous ?

– Éric Epron. Adjoint à la Culture, responsable des manifestations culturelles et guide occasionnel de Saint-Pierre-d'Aulnay.

– Comment pouvez-vous être si sûr de vous ?

– Cet après-midi, j'ai accueilli un groupe de touristes hollandais. Ils sont repartis à seize heures. Ce câble n'y était pas.

– Il a pu échapper à votre sagacité, monsieur Epron.

– Impossible. Je montre toujours aux touristes les détails des frises, sur l'abside, à l'extérieur. Et le câble part justement de cet endroit. De plus, le réseau électrique est enterré autour de l'église.

– Et après seize heures ?

Éric Epron réfléchit avant d'affirmer, le regard lointain :

– Au moment où le car des Hollandais s'éloignait, celui de l'orchestre arrivait. Les musiciens sont entrés dans l'église avec leur matériel. Ensuite, je suis parti. Je ne suis revenu qu'à sept heures du soir.

– Et vous, à seize heures, qu'avez-vous fait ? demanda Logicielle en se tournant vers les membres de l'orchestre.

À nouveau, ils se consultèrent du regard. Logicielle avait l'impression de revivre la même scène que celle du 26 juin, à la basilique de Saint-Denis. Un cauchemar.

– Nous avons transporté le matériel du car jusque dans le chœur, répondit Adolphe Loustachi. Nous avons commencé à répéter vers… voyons, il devait être dix-sept heures ? Oh, quelques raccords, histoire de vérifier l'acoustique, de bien placer les instruments. J'ai libéré mes musiciens vers dix-neuf heures.

– J'étais arrivé, confirma le guide. En principe, j'aurais dû fermer l'église. À cause du matériel et des instruments, vous comprenez ? Mais le chauffeur du car m'a dit qu'il restait sur place pour casser la croûte ; alors je suis parti dîner chez moi.

– Le chauffeur ?

– Oui. C'est moi.

Un homme corpulent, le cheveu rare et le front moite, affirma d'une voix altérée :

– Entre dix-neuf heures et vingt heures trente, j'étais assis là, face à l'unique entrée de l'église. Et je n'ai pas bougé. Personne n'est venu. Vers huit heures et demie, quelques spectateurs sont arrivés, ils ont flâné à l'extérieur, en attendant l'ouverture de la billetterie.

– C'est l'heure à laquelle nous sommes arrivés, reprit Line, la violoncelliste, en désignant plusieurs autres musiciens.

– Et pendant cette heure et demie de battement, où étiez-vous ? reprit Logicielle.

– Pardi, fit Loustachi en haussant les épaules, nous sommes allés dîner en ville. Par groupes. Nous ne nous sommes pas quittés.

Les musiciens acquiescèrent. Découragée, Logicielle pensa qu'il n'avait peut-être fallu qu'un quart d'heure pour tirer un câble depuis la ligne générale jusqu'à l'intérieur de l'église.

– Quelqu'un s'occupe de l'électricité, ici ? demanda-t-elle au guide en désignant, dans la pénombre, les projecteurs toujours éteints.

– C'est moi, Patrick. Je suis second violon. J'ai installé les projecteurs dans l'église.

La pâleur du jeune homme, presque un adolescent, faisait peine à voir. Logicielle s'étonna :

– Comment, ce n'est pas la municipalité qui s'en occupe ?

– Ni la municipalité ni le diocèse, répondit Éric Epron. Nous ne fournissons ni main d'œuvre ni matériel. Nous prêtons l'église.

Une jeune femme, à l'orchestre, s'avança vers Logicielle pour affirmer :

– Patrick a dîné avec nous ! Nous étions six ! Et aucun de nous ne s'est absenté !

– C'est exact. Oui, c'est vrai ! renchérirent plusieurs autres voix.

En fin d'après-midi, n'importe qui avait pu tirer le câble à l'extérieur. Un futur spectateur.

Un quidam ou un touriste. Mais seul un membre de l'orchestre avait pu relier, dans l'église, juste avant le début du concert, le câble à la caisse du percussionniste ! Un inconnu aurait été aussitôt repéré par les musiciens.

Ainsi, déduisit Logicielle, le meurtrier du percussionniste est ici ! Quant aux assassins de Marinier et de Constant Sylvestre... ils ne faisaient qu'un avec lui, elle en aurait mis sa main au feu.

– Je suis navrée, dit-elle en s'adressant à ceux qui l'entouraient, mais je vais vous demander de bien vouloir vous mettre à la disposition de la justice. Resterez-vous longtemps à Aulnay ?

– Vous voulez rire ? lança le chef. Le car nous ramène cette nuit !

– Et où habitez-vous ?

– En région parisienne, pour la plupart d'entre nous.

– Où et quand a lieu votre prochain concert ?

– Le 6 juillet. Dans le Massif central, à Issoire. Mais d'ici là, nous répéterons à Paris. Tous les après-midi. Dans les locaux qu'on nous prête, rue Blanche.

Parfait. Cela permettrait à Logicielle d'interroger les musiciens. Pour la première fois, elle avait l'impression que l'étau se refermait sur l'assassin. Au moment où elle prenait congé de l'orchestre, un doute la saisit :

– Au fait, demanda-t-elle, vous n'envisagiez pas, je l'espère, d'interpréter une nouvelle fois *La Symphonie du sacre* ?

– Bien sûr que si ! répliqua Loustachi en haussant les épaules avec un dédain teinté de fierté. Cette œuvre, j'en ai assuré la création en Braïlie. C'est le morceau de bravoure de notre tournée d'été. Y a-t-il un inconvénient à ce que nous la jouions ?

Évidemment, il ne pouvait pas savoir. Pas encore. Mais il n'allait pas tarder à comprendre.

– Oui, répondit Logicielle. Vous apprendrez sûrement pourquoi en lisant les journaux. En attendant...

Elle déglutit avec difficulté. Elle avait toujours dans l'oreille l'écho du vaste crescendo et, à la 114e mesure, celui de l'atroce grésillement et du cri d'Aimé Larquet. Elle acheva à voix basse, les dents serrées en guise d'avertissement :

– ... je vous demande de supprimer définitivement cette œuvre de votre programme.

Échec et Max

Une ambulance venait d'emporter le corps d'Aimé Larquet. L'église avait été enfin évacuée avant qu'on y appose des scellés.

Le service de dépannage EDF était occupé à enlever le câble pirate afin que le courant soit rétabli. Une fois que le car de l'orchestre Loustachi fut reparti avec ses musiciens, Logicielle s'affola :

– Et Max ? Il a sûrement eu un accident ! Il est une heure du matin.

Son portable s'était éteint. Elle le remit en fonction et constata :

– Un message m'a été laissé à minuit. Bon sang, pourvu que…

À ses côtés, Germain ne savait que dire pour la rassurer. Elle ne se détendit qu'en reconnaissant la voix de son coéquipier :

– Logicielle ? Je, euh… j'ai eu un petit ennui. Peux-tu me rappeler à ce numéro ?

Elle obéit. On l'avertit qu'elle était en liaison avec la gendarmerie de l'autoroute. Elle se présenta, précisa :

– Je viens prendre des nouvelles de mon collègue Max qui… Il est chez vous ?

Le ton de l'interlocuteur ne se fit pas plus aimable.

– Oui. Nous l'avons arrêté au péage. Difficile de faire autrement : il roulait à deux cent quinze kilomètres à l'heure et nous n'allions pas lui courir après. Pouvez-vous venir ?

Bon. L'incident était moins grave que prévu.

– Montez, lui dit Germain. C'est à un quart d'heure d'ici.

Logicielle reconnut la moto de son coéquipier garée près des véhicules de la gendarmerie. En entrant dans le hall, ils découvrirent Max, prostré sur un tabouret, les épaules basses.

– C'est un malentendu, déclara Germain en forçant son sourire. Je suis de la police. Maxime est un collègue. Il ne vous l'a pas dit ?

– Si, répliqua le commandant de gendarmerie. Mais ce jeune homme se croyait tout permis. Nous donner des ordres. Nous contraindre à le laisser repartir. Nous faire croire qu'il était en mission. Que c'était là une question de vie ou de mort. Après les menaces, votre collègue est passé aux insultes.

Logicielle marchait sur des œufs ; la gendarmerie et la police, ça faisait deux. Feignant l'étonnement, elle demanda :

– Des menaces ? Des insultes ?

– J'ai eu droit à tout, soupira Max, l'alcootest, le procès-verbal, l'amende. Sans parler du retrait de la carte grise et du permis.

– Max n'était pas vraiment en mission, confirma Germain. Il soupçonnait qu'un assassinat allait avoir lieu. Il a tenté de l'empêcher. Mais hélas, le meurtre a bel et bien été commis.

– Comment ? bredouilla le commandant, Aulnay, tout à l'heure ?

– Oui, dit Germain. C'est nous qui avons appelé.

– Quoi ? Le meurtre a eu lieu ? hurla Max en bondissant de son tabouret. Et ici, personne ne m'a prévenu ?

Logicielle intervint :

– Du calme. Nous allons nous expliquer gentiment.

♮

Une demi-heure plus tard, ils quittaient tous les trois le poste de gendarmerie de l'autoroute. Max avait été relâché. On lui avait même restitué sa carte grise et les six points de son permis. Germain proposa à ses collègues de les héberger pour la nuit.

– Pas question, répondit Logicielle. Nous devons être à Paris demain au plus tôt.

– Bien. Mais soyez prudents. Maxime ? Je vous la confie. Car si elle tient un peu à vous, moi je tiens beaucoup à elle.

– D'ailleurs je te préviens, ajouta-t-elle, si tu dépasses le cent trente, je saute en marche.

Max regagna Paris à petite vitesse. Il accepta même de s'arrêter une heure à la cafétéria d'une station-service. Histoire de boire un café et de manger un morceau pendant que Logicielle lui résumait les événements de la soirée.

Quand il la déposa devant son immeuble d'Épinay, le jour se levait.

♮

Le téléphone réveilla Logicielle en sursaut. Il était midi.

– J'espère que je ne vous réveille pas ? jeta la voix goguenarde de Delumeau.

– Si. Mais écoutez, commissaire, hier soir, j'étais à Aulnay-de-Saintonge et...

– Je sais. C'est justement à ce sujet que je vous appelle. Vous pensez tout de même venir travailler un peu cet après-midi ?

Le ton était si sarcastique qu'elle faillit répliquer. Elle resta polie. Mais après avoir raccroché, elle s'exclama :

– Moi je veux bien en faire davantage, Du Plumeau ! Mais dans ce cas, il faudra songer à me cloner !

Une heure plus tard, elle était à Saint-Denis. Elle fonça dans le bureau du commissaire. Par la porte ouverte jaillissaient des éclats de voix. Elle s'approcha, aperçut Max et Delumeau qui fulminait :

– … stupide intervention n'a même pas empêché l'assassinat d'hier soir ! En conséquence, je vous demande de ne prendre aucune initiative sans m'en avertir. Et je vous rappelle que votre affaire, c'est cette pharmacie dévalisée. Vous avez reçu la plainte du commerçant ? Vous savez ce qu'est devenu le drogué ? Vous m'avez transmis un rapport détaillé ?

Le drogué. Logicielle l'avait oublié. Elle formula intérieurement : « Un drogué dévalise une pharmacie à quatorze heures et le même soir, à cent mètres de là, Constant Sylvestre meurt empoisonné… »

À cet instant, Delumeau aperçut Logicielle qui réfléchissait, immobile, les yeux dans le vague. D'un geste, il congédia Max et lui fit signe d'entrer.

– Bien entendu, vous n'avez pas eu le temps de lire la presse ?

Le commissaire poussa devant elle les journaux du matin.

La nouvelle ne faisait pas la une mais tous les quotidiens lui réservaient une ou deux colonnes : *meurtre à Aulnay-de-Saintonge… Un concert-crime…* La Symphonie du sacre *: une nouvelle victime !*

– Cette fois, l'information a filtré ! tonna le commissaire. Un journaliste a même établi un lien entre Aulnay et Saint-Denis. Encore heureux qu'il n'ait pas soupçonné que Constant Sylvestre avait été, lui aussi, assassiné. Eh bien, où en êtes-vous ?

Elle résuma les événements de la veille. Fit part de ses soupçons vis-à-vis des musiciens de l'orchestre Loustachi. Réclama un délai pour procéder aux interrogatoires.

– Le meurtrier, lui, ne chôme guère ! répliqua le commissaire. Que dit votre ordinateur, Logicielle ? Combien de millions d'octets lui faut-il pour découvrir le coupable ?

L'informatique faisait partie des bêtes noires de Delumeau : à ses yeux, un équipement aussi sophistiqué devait pouvoir, une fois les informations digérées, livrer instantanément la solution. Comme une calculette de poche fournit le résultat d'une opération.

– Il est temps que la liste des victimes s'arrête. Je serais content que vous n'interveniez pas après le crime, mais avant, vous voyez ce que ça signifie ?

Non, pas vraiment. Elle fronça les sourcils.

– Ça signifie que cette *Symphonie du sacre* doit être reléguée aux oubliettes ! Épluchez les programmes des concerts de juillet ! Joignez les organisateurs de festivals ! Qu'ils me virent cette œuvre de leur programme ! Il faut arrêter la musique, Logicielle, vous comprenez !

Il désigna les journaux et répéta, écarlate :

– Arrêtez la musique !

Alibis et désaccords

Revenue dans son bureau, Logicielle avait la tête en feu. Pour retrouver son calme, elle murmura lentement :

– J'ai une certitude, l'assassin d'Aimé Larquet est un des membres de l'orchestre Loustachi. Et j'ai une conviction : l'auteur des trois assassinats est le même individu. Le meurtrier se trouvait donc le 27 mai dernier au Grand Théâtre de Bordeaux. Et le 26 juin, à la basilique de Saint-Denis ! Parmi les quarante musiciens, certains ne pourront pas me fournir d'alibi. L'assassin sera forcément l'un d'eux.

Il était quatorze heures. Logicielle posa sur son bureau la liste des membres de l'orchestre que le chef lui avait remise la veille.

– Le chef... Eh bien justement, commençons par lui.

Adolphe Loustachi habitait impasse Camille Tahan, dans le XVIIIe arrondissement. Mais aucun numéro de téléphone ne figurait à côté de l'adresse. Et le chef était sur liste rouge.

– Bon. Puisqu'il ne veut pas que je l'appelle, allons le voir.

Elle quitta le commissariat, prit sa Twingo et fila vers Paris.

Une demi-heure plus tard, elle entrait dans un immeuble bourgeois, en pierre de taille. L'une des boîtes aux lettres précisait :

Adolphe Loustachi.
Escalier rue.
3e G.

Elle négligea l'ascenseur, minuscule. Face à la porte et à la carte de visite qui y était punaisée, elle hésita quelques secondes puis colla son oreille à la paroi. Elle eut juste le temps de s'écarter : Adolphe Loustachi parut sur le seuil. Elle balbutia :

– Pardonnez-moi. J'ai voulu vous téléphoner mais...

– Que désirez-vous ?

Ils s'affrontèrent une seconde du regard. Logicielle distingua, dans le salon où un canapé de cuir voisinait avec un piano d'étude en bois clair, un guéridon avec les reliefs d'un repas.

– Je déjeunais, dit le chef d'orchestre. J'ai entendu du bruit sur le palier et mes voisins sont en vacances. Vous vouliez me voir ? Entrez puisque vous êtes là.

Loustachi habitait un deux-pièces cossu. Mais on était loin du luxueux appartement de Constant Sylvestre.

– Eh bien entrez ! insista-t-il. Je n'imaginais pas vous revoir si vite. Voulez-vous boire quelque chose ?

– Non, merci. Je souhaitais interroger vos musiciens. Mais, par courtoisie, je tenais d'abord à m'entretenir avec vous.

– Que désirez-vous savoir ? Qui était Aimé Larquet, la victime ?

Loustachi lui désigna le canapé et reprit place devant sa compote entamée. Il devait mener ses visiteurs à la baguette, comme ses musiciens.

– Un gentil garçon, continua-t-il. Apprécié par ses camarades. Mais en vérité, un piètre musicien.

– Je voulais connaître l'emploi du temps des membres de votre orchestre, monsieur Loustachi. Pour la journée du 26 juin.

Elle aperçut, posé sur le piano, l'un des journaux du matin. Malgré l'heure tardive à laquelle le car avait déposé l'orchestre à Paris, Loustachi s'était levé tôt et déjà procuré la presse.

Le chef hocha la tête et eut un sourire entendu. Il avait dû lire l'article qui avait rapproché les deux décès survenus pendant l'exécution de *La Symphonie du sacre*. Il réfléchit.

– Le 26 juin ? Ma foi c'est simple. Nous étions à Belfort.

– Vous ? C'est-à-dire ?

Loustachi désigna l'appartement avec un petit rire triste.

– Nous, c'est bien sûr mon orchestre et moi. Je suis célibataire, mademoiselle. Je vis seul. Le 26 juin, nous nous produisions au centre des Quatre As. Avec, au programme, *La Symphonie du sacre*, justement.

Logicielle accusa le coup.

– Le 26 juin ? Vous êtes sûr ?

Elle se souvint alors de ce que lui avait révélé Max au téléphone, la veille : un autre orchestre que le NOE interprétait *La Symphonie du sacre*, le même soir, à Belfort. C'était celui de Loustachi. Le chef confirma :

– Oui. C'est bien de samedi dernier dont vous voulez parler ? Nous sommes partis en car tôt le matin. Nous avons répété l'après-midi et donné notre concert le soir. Nous sommes revenus dans la nuit.

La belle théorie de Logicielle s'écroulait. Car l'assassin de Constant Sylvestre n'avait pu agir qu'en pénétrant dans la basilique de Saint-Denis le 26 juin. Entre midi et quinze heures.

– C'est très important, monsieur Loustachi, reprit-elle, le cœur battant. Est-ce que tous les musiciens de votre orchestre étaient présents ? L'un d'eux ne vous a-t-il pas rejoints tardivement ? Personne ne s'est absenté pendant votre répétition ?

– Non, affirma-t-il. Tout le monde a pris le car. Et personne ne manquait. Je m'en serais aperçu.

Ainsi, l'orchestre avait un alibi en béton.

– Et ce soir-là, pendant la représentation, il n'y a eu aucun incident notable ?

– Ma foi non. Quelques fausses notes du corniste, une erreur de mesure d'Aimé Larquet. Rien que le public ait remarqué. Et, à ma connaissance, aucun décès parmi les gens de mon orchestre, ajouta-t-il, un rien goguenard.

– Et le 27 mai ? reprit-elle subitement. Aviez-vous un concert à cette date ?

– Non. Pour ma part, je me trouvais en Braïlie, avec mes amis Griocek. Nous sommes d'ailleurs revenus ensemble en France, le 15 juin, pour peaufiner avec mon orchestre les concerts de cet été.

Logicielle serra les dents pour réprimer sa déception.

– Ainsi, reprit-elle, songeuse, vous connaissez Milan Griocek ?

– C'est un ami intime. Depuis plus de dix ans.

– J'aimerais beaucoup le rencontrer.

Devant le regard perplexe du chef, elle rectifia :

– Je dois le rencontrer. Pourriez-vous me donner ses coordonnées ?

– Il habite Paris, rue Joseph de Maistre, à deux pas d'ici.

En griffonnant l'adresse et le numéro de téléphone, Loustachi crut bon d'expliquer :

– Les Griocek se sont installés en France après l'indépendance de la Braïlie. Liselotte, la femme de Milan, est française. C'est moi qui me suis occupé de les accueillir. Je leur ai trouvé un logement.

Déjà, Loustachi débarrassait son assiette en consultant l'heure.

– Pardonnez-moi, mademoiselle. Je dois rejoindre mes musiciens pour la répétition de cet après-midi. Et elle est importante.

– Pourquoi donc ?

– Parce qu'en me privant de l'interprétation de *La Symphonie du sacre*, vous m'obligez à inscrire d'autres œuvres au programme pour la remplacer. Et il nous faut les répéter.

– Je dois justement interroger vos musiciens. Cela vous gênerait-il beaucoup que je vous accompagne rue Blanche ?

Il eut un moment d'hésitation, plus exactement d'irritation contenue. Puis répondit « mais pas du tout » sur le ton de quelqu'un qui dissimulait mal l'envie de répliquer « énormément ! »

Parvenus dans la rue, Loustachi sortit un ticket de métro de sa poche. Logicielle s'interposa :

– J'ai ma voiture. Montez, je vous en prie.

Un quart d'heure plus tard, ils étaient rue Blanche. À l'entrée du local, le chef s'arrêta devant une affiche qui précisait :

L'orchestre Loustachi recherche :
deux seconds violons, un alto, un basson.
Auditions ici même,
samedi et dimanche à 15 heures.

Il ajouta à la liste :

un percussionniste (urgent)

Et, pour les auditions, rectifia :

tous les jours à partir de 15 heures.

La salle ressemblait à un cinéma de quartier. Sur la scène chichement éclairée, une quarantaine de musiciens accordaient leurs instruments. Certains répétaient, regroupés en trio ou en quatuor. Trompettes et cornistes chauffaient leurs cuivres en émettant des sons épars et désordonnés.

L'apparition du chef stoppa la cacophonie. Négligeant les marches, Loustachi sauta sur l'estrade. Tendus, les musiciens ne quittaient plus le petit homme des yeux, il avait accaparé d'un coup les attentions. Désignant Logicielle, il annonça :

– Je ne vous présente plus mademoiselle. Elle souhaite vous poser quelques questions.

Pivotant vers elle, il ajouta d'une voix plus douce :

– Ils sont à vous.

Mais il resta devant son pupitre, face à ses musiciens. Et Logicielle eut l'impression désagréable que, contrairement à ce qu'il prétendait, l'orchestre n'était pas à elle, mais toujours soumis au bon vouloir de son chef. Mal à l'aise, elle s'éclaircit la voix pour demander :

– J'aurais voulu connaître votre emploi du temps du 26 juin, à tous.

Les musiciens marquèrent un temps d'hésitation.

– M. Loustachi ne vous a pas dit que nous étions en tournée à Belfort ? déclara un violoniste.

– En effet. Mais j'aimerais avoir des détails.

Elle évoqua l'absence momentanée d'un musicien, les pria de réfléchir. Ce qu'ils firent, attentifs et dociles. Ils se concertèrent à voix basse, croisèrent leurs informations. Aucun d'eux n'avait été seul plus d'un quart d'heure. Même quand ils étaient partis flâner et dîner en ville, ils étaient restés en groupes.

L'interrogatoire fut interrompu par l'arrivée de Line, la violoncelliste. Essoufflée, elle présenta ses excuses au chef en lui jetant un regard de chien battu et rejoignit discrètement sa place.

– Je vous remercie, dit Logicielle.

Elle faisait l'économie de trente-cinq interrogatoires. Toutefois elle ne se décidait pas à partir. Une partie de l'énigme se nichait ici, elle en était persuadée.

Les musiciens, enfin accordés, étaient prêts. Mais Loustachi hésitait. Il grommela :

– Avez-vous encore des questions à nous poser ?

– Non. Je...

– Alors vous seriez aimable de bien vouloir quitter la salle. Ceci est une répétition, comprenez-vous ? Le public n'est pas admis.

On ne pouvait pas la congédier moins élégamment.

Elle partit, mécontente et vexée. En quittant le local, elle relut l'affiche placardée à l'entrée. Une idée folle l'effleura.

– Après tout, qu'est-ce qu'on risque ? murmura-t-elle en souriant.

L’espion au basson

De retour au commissariat, Logicielle trouva sur son bureau une boîte à chaussures où était inscrit, au feutre : CADEAU !

Son coéquipier adorait lui faire des surprises. Parfois de très mauvais goût. Un matin, elle avait découvert un yaourt à zéro pour cent au fond d’un carton à chapeau ; un autre jour, deux kilos de cocaïne pure empruntés pour une heure au service des stups.

Elle sortit de la boîte un unique escarpin rose et aperçut Max qui l’observait dans l’encadrement de la porte.

– Joli, hein ? Tu as repéré la marque ?

– Super ! répondit-elle en mimant l’enthousiasme. Une J.B. Martin en daim. Tu as fait des folies. Mais d’une part, ce rose est un peu voyant. D’autre part, Max, c’est du quarante et un et je chausse trois pointures de moins. Enfin, je te signale que les chaussures vont souvent par deux. J'espère que, pour une seule, le vendeur t'a fait un prix.

– En fait, elles étaient soldées trente euros. Une misère !

– Dis-moi, ce n'est pas la chaussure perdue par la dame que tu as renversée ?

– Si. Depuis l'incident, elle ne quitte plus ma sacoche.

– Et fétichiste, en plus ! Ça ne m'étonne pas de toi. Tiens, je te rends ta moitié de paire, Max. Chez moi ce bibelot ferait désordre.

– Un bibelot ? Tu veux dire un bel indice pour mon affaire de pharmacie dévalisée ! Figure-toi qu'en venant au boulot j'ai aperçu ce matin, rue de la République, des chaussures identiques à celles-ci. Même modèle, même couleur. Qu'en déduis-tu ?

– Que la dame avait acheté sa paire d'escarpins dans ce magasin ?

– Élémentaire ! J'ai interrogé le vendeur. Il se souvenait de la personne qui est venue samedi. Attends : si tu avais été à la place de cette femme, après avoir perdu ta chaussure, qu'aurais-tu fait ?

Elle avait la tête ailleurs et ne répondait pas. Il insista :

– Tu ne serais pas retournée chez le marchand ? Tu ne lui aurais pas demandé si quelqu'un lui avait rapporté le pied gauche ?

– Oh non ! À sa place, j'aurais hésité avant de

m'engager dans cette dangereuse rue piétonnière fréquentée par des motards fous.

– Le marchand ne l'a pas revue. Qu'est-ce que tu en penses ?

Elle soupira, agacée :

– C'est simple, cette dame est unijambiste. Voilà pourquoi elle ne se préoccupe pas de récupérer l'autre pied. Bon, tu me laisses ?

– Attends ! Tu permets que je te résume la suite de mon enquête ? Je suis aussi allé voir le drogué qui m'a échappé. À la morgue.

– À la morgue ?

– Eh oui ! Le malheureux est mort d'overdose dans le square où il s'était shooté. Le plus étrange, c'est qu'il avait mille euros sur lui.

– Pourquoi étrange ? Je suppose qu'il les avait pris dans la caisse ?

– Eh non, justement ! Le pharmacien est formel : on ne lui a volé que des médicaments. Dans le sac du drogué, j'ai presque tout retrouvé. Avec une liasse de mille euros en prime. Étonnant, non ?

Logicielle avait du mal à suivre les raisonnements de Max. Mais elle se souvenait que le drogué pouvait être un indice à ne pas négliger.

– Réfléchis, enfin ! insista-t-il. Si tu étais en manque avec mille euros en poche, tu irais braquer une pharmacie ? Moi, je foncerais plutôt chez mon dealer habituel !

– Je ne vois pas où tu veux en venir.

– Autre information : j'ai reconnu la casquette et le blouson du drogué. Ce sont ceux du jeune homme qui discutait avec la dame à l'escarpin rose.

– Quel scoop ! Karim est donc innocent ! Tu en doutais encore ?

– Conclusion : puisque le drogué n'avait pas cet argent avant son braquage et puisqu'il ne l'a pas volé dans la pharmacie… C'est la dame à la chaussure qui lui aurait remis cette somme.

Logicielle hocha la tête, peu convaincue.

– Tu n'écoutes pas ce que je dis, reprocha-t-il. Tu es préoccupée ?

– Oh, seulement par trois meurtres en série ! Et pour éviter un quatrième meurtre, j'aurais un service à te demander. Ou plutôt j'aimerais demander un service à Karim. Tu vas toujours le voir à l'hôpital ?

♮

Le lendemain, ils trouvèrent Karim assis sur son lit, la jambe encore plâtrée. Il les accueillit avec un large sourire.

– Comme c'est gentil d'être venus tous les deux ! Vous savez que je sors demain ?

Max posa sur le lit un énorme étui.

– C'est ton nouvel outil de travail, Karim. Tu devines ?

Le jeune homme rougit d'étonnement.

– On dirait... Non, ce n'est pas un basson ?

C'en était un. Logicielle fut touchée par l'émotion de Karim lorsqu'il sortit l'instrument. Elle avait sans doute ressenti la même joie quand elle avait su qu'elle pouvait garder l'OMNIA 3[1].

– Superbe ! Il est bien plus récent que le mien !

Il retourna l'instrument sous tous ses angles, constata :

– Impeccable, il a été retamponné ! Eh oui, expliqua-t-il à Logicielle, un facteur a remplacé les tampons, si bien que l'instrument est comme neuf ! L'assurance a donc payé ?

– Non, répondit Max. Je te propose un marché, Karim : on laisse tomber l'assurance et je t'offre le basson de mon père.

– Tu es fou ! Vous savez, Logicielle, combien ça coûte, un basson ?

– Non. Euh... cinq cents euros ?

– Vous pouvez ajouter un zéro.

– Oh, celui-ci n'est pas neuf, dit Max. Il moisissait dans un placard. Et moi, j'en joue vraiment trop mal pour en avoir l'usage. Si tu acceptais, Karim, je serais soulagé.

– Alors sois soulagé, Max, j'accepte ! Et comment !

Il ouvrit ses bras au policier ; les deux garçons s'étreignirent comme pour sceller un pacte. Puis Karim saisit l'instrument, le mit en bouche ; une mélodie puissante et cocasse s'éleva.

1. Lire *L'Ordinatueur*, dans la même collection.

– Ouais ! s'exclama Max, enthousiasmé. Mais tu joues comme un dieu ! C'est le grand-père, n'est-ce pas ?

Karim approuva en souriant. Logicielle ne comprenait pas.

– Le grand-père ? Quel grand-père ?

– Celui de Pierre ! Dans *Pierre et le loup*, de Prokofiev ! répondit Max. Dans ce conte mis en musique, le grand-père est représenté par un basson. Tu n'as jamais écouté *Pierre et le loup*, à l'école ?

Karim n'eut pas le loisir d'attaquer un nouveau morceau, une infirmière surgit pour le prier de baisser le son de son transistor.

– Euh... eh bien voilà, Karim, reprit Max en s'éclaircissant la gorge. Ce cadeau est très intéressé. On a un service à te demander.

Il se tourna vers Logicielle qui compléta en chuchotant :

– Nous voudrions te confier une mission d'espionnage...

Elle expliqua à Karim les meurtres en série, son enquête.

– Tu comprends, ajouta-t-elle, si tu pouvais te faire embaucher dans l'orchestre Loustachi...

– Attendez ! se récria Karim en proie à la panique. Moi, je me produis dans un petit ensemble de variétés ! Je n'ai jamais joué dans un orchestre classique !

– Tu joues du basson depuis combien de temps ? demanda Max.

– Huit ans. Et je suis sorti premier prix du conservatoire d'Aubervilliers.

– Génial ! À mon avis, Loustachi sera ravi d'avoir un bassoniste. Il trouvera peu de candidats, surtout à une semaine de ses futurs concerts d'été.

Karim soupira. L'idée de jouer les espions l'intéressait énormément et la perspective d'être engagé dans une formation symphonique le flattait. Mais pour l'une et l'autre de ces nouvelles responsabilités, il craignait de ne pas être à la hauteur.

Révélations sur mesure

Le lendemain matin, en achetant la presse, Logicielle eut un choc. Tous les quotidiens titraient sur son affaire :

CONSTANT SYLVESTRE :
C'ÉTAIT UN MEURTRE

LA SYMPHONIE DU SACRE,
DÉJÀ TROIS VICTIMES ?

UNE SYMPHONIE-MASSACRE

Ainsi, le pot aux roses était découvert !

Elle fila au commissariat. Elle n'eut pas le temps d'entrer dans son bureau. Elle fut happée au passage par un Delumeau écarlate, qui lui fourra les journaux sous le nez.

– Oui, j'ai vu ! souffla-t-elle. Comment… ?

– Un fax est tombé cette nuit. Regardez.

La page comportait trois articles juxtaposés. Le premier, Logicielle le connaissait déjà : c'était celui du 28 mai publié dans *Sud-Ouest* que Germain lui avait envoyé. Il concernait la mort de Jean Marinier survenue en plein concert. Le deuxième, daté du 27 juin, était paru dans *France-Soir*. Il relatait le décès brutal du chef Constant Sylvestre. Le troisième, découpé dans *Ouest-France*, racontait par le menu l'assassinat par électrocution du percussionniste Aimé Larquet.

– L'AFP a reçu la même chose, hier soir, vers vingt-trois heures.

– Mais qui a vendu la mèche ? Qui ?

Seul le dernier meurtre avait été officiellement annoncé. Pour Delumeau, c'était une évidence :

– Qui ? Mais l'assassin, pardi ! Finie, la discrétion de l'enquête. Et on va bien sûr demander ce que fait la police ! Et vous, hein, que faites-vous, Logicielle ?

Elle essayait de réfléchir, ce qui était surhumain, face à la fureur de Delumeau. Waquier, le médecin légiste, qui passait par hasard, la tira de l'embarras :

– Oui, Logicielle, c'est sans doute l'assassin qui a informé la presse. Les auteurs de meurtres en série sont des malades, ils adorent qu'on parle d'eux. Le nôtre devait être dépité que ses actions ne soient pas révélées au grand jour. Il a voulu frapper un grand coup.

Soudain saisie d'un doute, Logicielle composa un numéro.

– Monsieur Jacques Deitte ? Pardonnez-moi de vous déranger mais n'auriez-vous pas reçu un appel de... ah, oui... Et M. Jolibois aussi ? Très bien, merci !

Elle se tourna vers Delumeau pour expliquer, résignée :

– Pendant la nuit et tôt ce matin, de nombreux journalistes ont joint par téléphone les musiciens du NOE. Face à leur insistance, certains ont fini par révéler la vérité. Ils ont expliqué comment l'assassin avait empoisonné la partition.

– Parfait ! tonna Delumeau. Félicitations, Logicielle ! La presse a pris le relais. Exactement ce que je vous avais demandé d'éviter !

Logicielle poussa Delumeau dehors et referma la porte de son bureau. Elle tenta de joindre Milan Griocek au téléphone. Une voix féminine, très sèche, l'accueillit avant de l'interrompre :

– Désolée, mademoiselle. Mon mari ne donne aucune interview.

– Attendez, madame ! Je ne suis pas journaliste mais lieutenant de police. C'est Adolphe Loustachi qui m'a... qui m'a recommandé d'entrer en contact avec vous. J'enquête sur les meurtres qui ont eu lieu durant l'exécution de *La Symphonie du sacre*, vous êtes sans doute au courant ?

– Difficile de ne pas le savoir, les journalistes nous harcèlent depuis quatre heures du matin.

– Madame, je dois m'entretenir avec votre mari. Ses explications et son aide me sont indispensables si je veux comprendre les motivations de l'assassin.

– C'est la police, chuchota Mme Griocek à un interlocuteur proche.

Logicielle distingua une courte conversation à voix basse dans une langue dont elle ne comprit pas un traître mot. Dix secondes plus tard, Mme Griocek déclarait d'une voix plus douce :

– Bien. Mon mari accepte de vous recevoir.

– Ne voulez-vous pas venir ici, au commissariat ?

– Milan se déplace avec difficulté, répondit-elle avec une amertume mal dissimulée. Voulez-vous nous rendre visite en début d'après-midi ? Nous habitons…

– J'ai votre adresse. Merci, madame. À tout à l'heure.

♮

En fin de matinée, Logicielle se rendit chez un disquaire. Elle voulait se procurer le CD de cette fameuse symphonie dont elle ne possédait, sur cassette, qu'une version incomplète.

– Navré, lui répondit un employé, je viens de vendre le dernier.

Dans un grand centre, le disquaire lui déclara :

– *La Symphonie du sacre* ? Tout est parti ! Je viens de téléphoner à *Fortissimo*, l'unique éditeur du CD. Il est en rupture de stock : il n'en avait gravé que deux mille exemplaires. J'ai déjà quinze commandes.

Avec les articles des journaux du matin, l'œuvre bénéficiait tout d'un coup d'une publicité inattendue.

Pour gagner la rue Joseph de Maistre, Logicielle longea l'impasse où habitait Adolphe Loustachi. Griocek et lui habitaient à dix minutes à pied l'un de l'autre. Seul les séparait le cimetière Montmartre. Logicielle retint un sourire : elle ne voulait voir aucun symbole dans cette étrange topographie.

Elle déchiffra, inscrit au feutre sur une boîte aux lettres en fer blanc :

Liselotte et Milan GRIOCEK,
escalier cour, 6e étage.

Elle traversa une courette et monta un escalier étroit. À partir du cinquième étage, les murs étaient garnis de tags. La personne chargée du ménage n'allait visiblement pas plus haut. Parvenue sur le palier, elle fut accueillie par une jeune femme qui avait ouvert l'une des nombreuses portes d'un couloir interminable et sombre. L'inconnue lui adressa un sourire un peu gêné.

– Je vous ai entendue monter. Vous êtes bien le lieutenant de police ? Je suis Liselotte Griocek. Entrez.

L'épouse du compositeur, fort jolie, pouvait avoir trente-cinq ans. Elle portait une robe d'un vert tendre dont l'élégance détonnait avec le décor : deux chambres de bonne reliées et aménagées en un studio de vingt mètres carrés. Logicielle comprit pourquoi les Griocek répugnaient à la recevoir.

– Eh oui, mademoiselle, déclara une voix hésitante et grave. Nous vivons dans un certain dénuement...

Elle se retourna. Un homme chauve et âgé, assez corpulent, au visage ingrat, ridé et buriné, se levait avec difficulté pour lui serrer la main.

Un large et bon sourire effaça d'un coup sa laideur.

– Pardonnez-moi. Je dois me rasseoir. Mais installez-vous donc.

Liselotte Griocek avait sorti deux sièges pliants d'un grand placard où s'entassaient des dizaines de vêtements. Tandis qu'elle s'affairait, mettait une nappe sur la table, chargeait un plateau de tasses et de biscuits, Logicielle observait le minuscule appartement mansardé : un grand lit, un piano droit placé sous une lucarne, une armoire et une bibliothèque réalisée avec des planches de récupération. Un rideau dissimulait mal le coin cuisine.

– Vous vous étonnez de nos conditions d'existence ? murmura Milan Griocek. Vous ignoriez que le métier de compositeur ne nourrit guère son homme ?

– Il le nourrit mieux en France qu'en Braïlie, ajouta son épouse.

– Si nous vivons en France aujourd'hui, c'est grâce à notre ami Loustachi. Et aussi parce que c'est le pays de ma femme.

– Vous connaissez la Braïlie, mademoiselle ?

Il y avait dans la question de Liselotte un humour noir si transparent que Logicielle jugea prudent de ne pas répondre.

Alors que Griocek s'exprimait lentement, avec un accent slave prononcé, Liselotte parlait très vite. On eût dit qu'elle profitait des silences de son mari pour livrer son avis en aparté.

– Pardonnez-moi, commença Logicielle en se faisant plus timide qu'elle n'était, mais j'ignore tout de vous, monsieur Griocek. Je m'intéresse peu à la musique classique et j'ai mal suivi les événements qui ont accompagné l'indépendance de votre pays...

– La Braïlie n'est pas mon pays, dit Griocek dans un soupir. Elle a été créée de toutes pièces il y a quelques années, à la suite des bouleversements qui ont suivi l'éclatement des anciens pays de l'Est. Ce n'est pas une vraie nation, c'est une royauté d'opérette, comme Andorre, le Liechtenstein ou Monaco...

– Avec la richesse en moins, ajouta Liselotte à voix basse.

– Moi, je suis né il y a soixante-cinq ans en Europe centrale. Mais la maladie et les conflits politiques de la fin du siècle ont interrompu ma carrière de compositeur... Ma seule consolation a été de rencontrer, voilà vingt ans, une jeune étudiante française qui est vite devenue mon épouse.

– Oui, j'étais très jeune, à l'époque, précisa Liselotte en rougissant.

– Pourriez-vous m'expliquer pourquoi et comment vous avez composé *La Symphonie du sacre* ?

– Quand la Braïlie a réclamé son indépendance, il y a quelques années, peu après l'éclatement des pays de l'Est, les nationalistes ont porté au pouvoir le petit-fils de Pierre Ier et fils de Pierre II, mort en exil. Ils ont voulu transformer cette modeste intronisation en événement médiatique pour exalter le nationalisme de ce nouvel État. On se souvint alors de moi : originaire du futur royaume de Braïlie, j'étais l'homme de la situation. On oublia mes vieilles sympathies pour me commander officiellement une œuvre de circonstance.

– Et vous avez accepté malgré euh... vos réticences politiques ?

– J'étais flatté, mademoiselle. Et dans le besoin. J'avais là une chance de réapparaître.

De faire jouer ma musique. Un compositeur n'existe que s'il est interprété. À l'époque, nous étions hébergés, je devrais dire recueillis, par notre ami Loustachi. C'est d'ailleurs lui qui dirigea ma symphonie, lors de sa toute première exécution à l'occasion du couronnement de Pierre III.

Face à ces informations, Logicielle ne distinguait aucun élément susceptible de faire progresser son enquête. Elle risqua :

– Monsieur Griocek, voyez-vous une raison particulière pour qu'un serial killer ait choisi la mesure 114 du troisième mouvement ?

Le compositeur fronça ses épais sourcils, réfléchit, murmura :

– Non. Aucune, vraiment.

– Comment, Milan ? s'étonna Liselotte. Tu ne trouves aucun motif à l'assassin ? C'est pourtant clair !

– Que voulez-vous dire ? lui demanda Logicielle.

– Le meurtrier est forcément un opposant politique ! Un adversaire des royalistes.

Logicielle hocha la tête, dubitative.

– Vous voulez dire qu'il y aurait, en France, en ce moment, un... terroriste originaire de Braïlie ?

– La France s'ouvre à beaucoup de monde, répondit Liselotte. Autrefois, elle a même accueilli les parents d'Adolphe Loustachi qui avaient fui leur patrie !

– Loustachi est donc originaire du même pays que vous ?

– Oui. C'est ce qui nous a rapprochés, admit Milan Griocek.

– Une dernière chose... commença Logicielle.

Poser cette question l'embarrassait. D'autant que le compositeur n'avait guère le profil d'un assassin.

– Je dois préciser dans mon rapport où vous vous trouviez le 27 mai et les 26 et 30 juin derniers.

La question ne parut ni étonner ni choquer le couple.

– Le 27 mai, c'est simple, déclara Liselotte, nous étions en Braïlie. Nous y avons passé deux mois, invités par l'ambassade de France. Avec Adolphe, qui est aussi le chef de l'orchestre symphonique de Braïlie.

– Si on peut appeler orchestre symphonique une quarantaine d'amateurs !

L'aparté pourtant plein d'indulgence du compositeur irrita son épouse qui précisa :

– Un concert avait lieu chaque soir. Nous sommes revenus ensemble en France le 15 juin. Le 26...

– ... nous étions à Belfort, acheva Griocek. Rappelle-toi, Liselotte : nous avons pris le car tôt le matin avec l'orchestre Loustachi.

– C'est exact. Nous avons passé la journée là-bas. Nous sommes rentrés sur Paris avec le même car, dans la nuit. Quant au 30 juin, n'est-ce pas le jour où nous recevions les voisins du dessous ?

– Si, approuva son mari en souriant. Des gens charmants. Ils ont déjeuné chez nous. Nous avons passé l'après-midi ensemble. Ils sont même restés pour dîner et ne sont repartis que vers minuit.

Logicielle refusa une nouvelle tasse de thé, se leva, remercia.

– J'ai été ravie de vous rencontrer. Et navrée de vous ennuyer avec mes questions.

Quand elle sortit, elle prit le soin de noter le nom des voisins. Mais elle doutait que les Griocek aient menti.

♮

Par acquit de conscience, elle revint au commissariat pour vérifier leurs dires. L'attaché d'ambassade de France en Braïlie confirma : le 27 mai, les Griocek s'étaient rendus de réception en réception. Quant aux voisins, ils étaient restés chez leurs hôtes de midi à minuit, à jouer aux cartes, discuter et écouter de la musique.

– Un terroriste braïlien… Moi, je veux bien.

Cette explication lui semblait peu vraisemblable. Mais malgré l'échec apparent de cette visite, elle avait l'impression d'avancer. De cerner l'assassin. De l'approcher.

Simplement, il lui manquait une clé. Un indice. Un élément qui lui aurait permis d'expliquer des invraisemblances ou de créer un lien entre plusieurs faits.

– La mesure 114… Je bute sur la mesure 114 !

Elle se demanda si, en la choisissant, l'assassin n'avait pas voulu égarer les enquêteurs sur une fausse piste.

Le prix du succès

– J'ai été engagé ! Oui... Je fais partie de l'orchestre Loustachi !

Karim n'en revenait pas lui-même. Ce samedi, Logicielle l'avait invité chez elle à déjeuner, avec Max.

– Raconte ! le pressa-t-elle.

– Nous étions rue Blanche hier, un peu avant quinze heures, commença Karim. Quand nous sommes entrés, l'orchestre répétait. En nous voyant, le chef s'est interrompu. Pas commode, le Loustachi, il a failli nous mettre à la porte avant de savoir qui nous étions. J'ai simplement dit : « Je suis venu pour l'annonce. »

– Tu aurais vu la tête du chef d'orchestre ! s'esclaffa Max. Il se demandait si on ne se fichait pas de lui. Il a sorti quelque chose comme : Je crois que vous vous trompez d'adresse.

– À mon avis, reprit Karim, vu la manière dont il fixait ma casquette, il s'attendait plutôt à ce que je lui chante du rap en me trémoussant par terre. Mais quand il a vu mon basson… enfin, l'instrument du père de Max…

– Il n'est plus ni à mon père ni à moi, Karim, c'est ton basson !

– Bref, il a ordonné aux musiciens de poser leurs instruments et il m'a prié aussitôt de jouer.

– Karim s'est lancé dans le solo du grand-père. Magistral !

– Enfin, je me suis débrouillé. Loustachi m'a demandé de rejoindre les musiciens. Ils répétaient une symphonie de Schubert.

– La neuvième, on l'appelle *La Grande*, précisa Max.

– La partie de basson était très limitée, heureusement !

– Donc, demanda-t-elle, ça s'est bien passé ?

– Attends ! reprit Max. Tu penses bien que je voulais rester. Loustachi ne m'a jamais vu, il ignore que je suis de la police.

– Une chance, finalement, que tu n'aies pas pu me rejoindre à Aulnay !

– Je me suis installé au premier rang, dit Max. Loustachi m'a demandé ce que j'attendais. « Mon ami Karim. Je lui sers de chauffeur. Il a une jambe dans le plâtre, vous n'aviez pas remarqué ? » Le chef n'a pas apprécié mon humour, il m'a prié d'attendre dehors. J'ai obéi. Je suis revenu après un quart d'heure. Il tournait le dos à la salle, il ne m'a vu ni entrer ni m'asseoir.

– Alors ? interrogea Logicielle. Vos impressions ? L'ambiance ?

– Très dur, avoua Karim. Dans l'orchestre, c'est chacun pour soi. Et Loustachi n'est tendre avec personne. Même pas avec Line, la jolie violoncelliste, qui lui jette pourtant des regards langoureux.

– Seule cette fille a de la sympathie pour le chef, confirma Max. Les musiciens ont l'air de le redouter. Mais ils l'écoutent.

– Bon sang, s'étonna Logicielle, pourquoi restent-ils avec lui ?

– Pour un musicien, dit Max, il n'est pas facile de trouver un orchestre où s'intégrer. Et Loustachi se produit un peu partout…

– Et puis ce chef connaît la musique, admit Karim. Il dissèque la partition, il sait presser les instrumentistes comme des citrons.

Une fois la répétition achevée, les musiciens s'étaient éclipsés. Karim n'avait pas réussi à discuter avec eux. Mais il espérait s'intégrer. Et découvrir ici ou là un secret ou un indice.

À peine le dessert terminé, Max se leva.

– Et la vaisselle ? protesta Logicielle.

– On est gentils, on te la laisse. Eh oui, la répétition nous appelle ! À propos, tu crois que Delumeau accepterait que je fasse passer cet après-midi en heures supplémentaires ?

– J'en doute, grommela Logicielle.

Elle les regarda partir bras dessus bras dessous avec un pincement au cœur. Non pas à cause de la vaisselle, mais parce que, depuis qu'il s'était trouvé un ami, Max la délaissait un peu.

♮

Le jeudi, au lieu d'aller déjeuner avec Max, Logicielle lui proposa de flâner chez les disquaires. Elle ne désespérait pas de trouver enfin la fameuse *Symphonie du sacre*. Quand ils entrèrent dans le premier magasin, ils eurent un choc : le fameux disque était là, sur un grand présentoir, en vingt exemplaires. Et plusieurs piles attendaient près de la caisse.

– Eh bien, murmura Max, tu parles d'un succès !

Les amateurs du CD étaient nombreux, Logicielle dut faire la queue pour payer le sien. À ses questions, le vendeur répondit :

– Oui, cette œuvre plaît beaucoup. Même ceux qui ne touchent jamais au classique se sont précipités dessus.

Logicielle ne prit même pas le temps de l'écouter. Après avoir jeté un coup d'œil sur le texte de la pochette, elle voulut revenir aussitôt au commissariat. Max s'étonna de sa hâte.

– Ah bon ? fit-elle, très énervée. Tu ne comprends pas ?

– Si. Je me rends compte que c'est un sacré coup de publicité.

– Oui. Et j'aimerais bien savoir à qui il profite.

À peine entrée dans son bureau, Logicielle joignit le responsable de *Fortissimo*. Elle se présenta, expliqua qu'elle enquêtait sur les meurtres de *La Symphonie du sacre*, demanda :

– L'enregistrement et la diffusion de cette œuvre ont fait l'objet d'un contrat, n'est-ce pas ? Pouvez-vous m'en faire parvenir une copie ?

À l'autre bout du fil, l'hésitation fut de courte durée.

– Aucun problème. Je vous l'envoie aujourd'hui.

– Ce contrat, qui concerne-t-il ? ajouta Logicielle.

– Essentiellement le compositeur et le chef d'orchestre. Et *Fortissimo*, bien sûr.

– Avez-vous une idée des sommes que toucheront Griocek, Loustachi et vous-même, pour la vente de ces deux mille CD ?

– Oh, peu de chose ! avoua le PDG en riant. Mais face à la demande actuelle de nos dépositaires, j'envisage des tirages dix... voire même cent fois plus importants. Les ventes de cette symphonie pourraient bientôt rivaliser avec le concert des « trois ténors » ou la dernière compil des pubs à la télé. On peut rêver, mais j'espère deux ou trois cent mille exemplaires.

– Et que toucheraient alors les bénéficiaires ?

Logicielle entendit le cliquetis des touches d'une calculette.

– Euh... cent soixante mille euros. De quoi doper ma petite maison de disques ! Et réinvestir, évidemment.

Logicielle dut calmer son agitation.

– Si je comprends bien, conclut-elle en raccrochant, perplexe, ces crimes rapportent à tout le monde. Mais cela ne m'autorise pas à voir des assassins partout.

Au cœur de l'enquête

Le samedi après-midi, Logicielle était de permanence ; elle vit soudain surgir dans son bureau Max et Karim, très excités.

– Du nouveau ? fit-elle, le cœur battant.

– Ouais, Loustachi a une petite amie ! révéla Karim.

Elle haussa les épaules, déçue :

– Ce n'est pas vraiment un scoop.

– Pas mal d'ailleurs, sa copine ! ajouta Max. Nettement plus jeune que lui. Grande. Blonde. Élégante. Elle attendait le chef à la sortie du local de la rue Blanche. Il a paru très contrarié de la voir. Comme s'il ne voulait pas que ses musiciens les surprennent.

– Doucement, dit Logicielle. Loustachi est célibataire. Il a le droit d'avoir une amie. C'est peut-être une relation professionnelle !

– D'accord, ricana Max. En ce cas, je me demande bien quel genre de sonate ils ont travaillé jusqu'à une heure et demie du matin.

– Une heure et... Mais comment le sais-tu ?

– Hier soir, après la répétition, nous les avons suivis à moto, avoua Karim. Ils ont gagné la place de Clichy et sont entrés dans un immeuble, impasse Camille Tahan – c'est là que le chef habite ?

– Oui. Et ensuite ?

– Oh, la routine ! Karim est resté en faction jusqu'à vingt et une heures, le temps que j'aille dîner. Puis je l'ai relayé. Quand la femme est sortie de l'immeuble à une heure du matin, j'étais content : j'avais craint devoir passer la nuit sur ma moto.

Logicielle faillit leur reprocher cette filature et cette planque nocturne ; ils enquêtaient sur une série de crimes, par sur une affaire de mœurs. Elle n'en eut pas le temps, Max lui mit sous le nez le journal *Le Monde*.

– Tu as vu ? Loustachi va peut-être devenir le chef du NOE.

Elle parcourut l'entrefilet.

Le nom d'Adolphe Loustachi revient très fréquemment.

Le dirigeant officiel du jeune orchestre de Braïlie est le chef le plus disponible du moment. Fondateur de sa propre formation, il serait pressenti pour assurer, à titre provisoire, la conduite du Nouvel Orchestre Européen.

Le NOE continue de se produire malgré la disparition de son chef.

Ce soir, samedi 10 juillet, il assurera un dernier concert salle Pleyel avec, au programme, Lalo et Gustav Mahler.

– Pourquoi as-tu surligné ce concert ? demanda Logicielle.

– Parce que nous y allons, répondit Max en posant deux billets sur le bureau.

Elle sourit ; cette initiative ne la surprenait guère. C'était pour Max un moyen déguisé de l'inviter à passer une soirée avec lui.

– Qu'est-ce qui te fait croire que j'ai envie d'aller au concert ?

– Eh, c'est une mission commandée ! Désormais, tu dois suivre de près les concerts de l'orchestre Loustachi comme ceux du NOE.

– Ouais... Je suppose que c'est Delumeau qui t'a fourni les billets ?

– Non, mais rassure-toi ; une fois l'assassin arrêté, j'adresserai la note de frais à notre commissaire bien-aimé.

Logicielle n'eut pas le cœur de refuser cette soirée.

– Nous te laissons, dit Max. Je crois que tu as des clients.

Il lui adressa un signe et quitta le bureau avec Karim. Un couple attendait à la porte.

Un couple ? Non. Cette femme avait une soixantaine d'années et l'homme à peine trente-cinq. Son fils ?

C'est lui qui entra le premier et demanda :

– Vous êtes bien le lieutenant de police Logicielle ?

Elle approuva, les invita à s'asseoir. Quand elle assurait la garde le week-end, elle recevait surtout les propriétaires cambriolés, ou des plaintes pour des vols à la tire.

– Eh bien, que vous est-il arrivé ?

– Rien. Je suis le docteur Lehmann. Madame est Adrienne Marinier.

De surprise, Logicielle se leva. Ces deux-là, elle les avait complètement oubliés : l'épouse de la première victime du Grand Théâtre de Bordeaux et le médecin qui avait signé le permis d'inhumer ! Prise au dépourvu, elle bafouilla :

– Je… c'est très inattendu. Je savais que vous étiez en voyage.

– Mme Marinier est à Paris depuis hier soir, chez ses enfants. Je suis rentré ce matin. Nous savions que vous désiriez nous voir. Avant de regagner Bordeaux, nous avons jugé plus simple de venir vous trouver ensemble.

– C'est très gentil à vous.

Et très habile, se dit-elle en essayant de deviner de coupables arrière-pensées derrière le visage innocent et juvénile du médecin.

– De quoi s'agit-il, mademoiselle ? demanda Adrienne Marinier. Rien de grave ?

Malgré son hâle récent et sa bonne mine, la veuve de la première victime semblait réellement inquiète. Elle se demandait quelle catastrophe allait s'ajouter à la mort récente de son mari.

Logicielle, sans quitter le docteur Lehmann des yeux, déclara :

– Eh bien voilà. J'ai de bonnes raisons de croire, madame, que votre époux a été assassiné.

La plus grande stupéfaction se peignit sur le visage de ses interlocuteurs, qui se consultèrent du regard. Lehmann réagit le premier, avec une assurance virulente :

– Assassiné ? C'est absolument impossible !

– J'aimerais que vous me le démontriez, reprit Logicielle. Et avant tout, que vous m'expliquiez la façon dont M. Marinier est mort. Avec le maximum de précisions.

– Encore ! s'exclama le docteur dans un soupir.

– Comment ça, encore ? Vous aurais-je déjà posé la question ?

– Vous non. Mais quelques jours avant mon départ, j'ai reçu l'appel d'une journaliste qui m'a demandé comment Jean Marinier était mort, ce qu'on avait fait de son corps...

– Une journaliste ? Mais qui, exactement ?

– Je l'ignore. Elle n'a pas précisé le nom du quotidien. Je n'avais aucune raison de lui cacher la vérité.

Logicielle était perplexe. Qui était cette inconnue ? Pourquoi avait-elle eu aussi un doute sur la mort de ce spectateur ?

– Eh bien cette vérité, je vais vous demander de la répéter.

Mme Marinier sanglota, commença d'une petite voix :

– Le soir de ce concert, nous étions très en retard. Nous avons dîné en catastrophe et j'ai insisté pour que Jean effectue son injection avant de partir pour le Grand Théâtre.

– Son injection ?

– D'insuline, précisa le docteur Lehmann. Jean Marinier était diabétique. Je le suivais depuis six ans. Il se faisait lui-même ses piqûres, trois fois par jour.

– Ce que j'ignorais, poursuivit Mme Marinier, c'est qu'il avait déjà oublié son injection de midi. Je ne m'en suis aperçue que le lendemain. C'est pendant la deuxième partie du concert qu'il a commencé à être pris de malaises. Je croyais qu'il somnolait, ou qu'il fermait les yeux pour mieux écouter la musique. Mais sa tête a soudain roulé sur son épaule.

– À quel moment ? murmura Logicielle. Pendant le dernier mouvement ? Justement au cours du grand crescendo ?

Sa question était ridicule. Elle s'en rendit compte quand Mme Marinier interrompit son monologue en agitant la tête.

– Je ne sais pas, vous vous doutez bien que je n'écoutais plus la musique ! J'ai vite deviné ce qui se passait. Je crois que j'ai crié.

Logicielle faillit approuver : « Oui, vous avez crié, je l'ai bien entendu au cours de l'enregistrement. » La suite, elle la connaissait.

– Des spectateurs ont tenté de relever Jean. On l'a transporté hors de la salle. Quelqu'un, avec son portable, a appelé le SAMU. Et j'ai utilisé le même appareil pour prévenir le docteur Lehmann.

– Je n'étais pas encore couché, poursuivit ce dernier. J'ai foncé vers l'hôpital Saint-André. J'espérais arriver à temps. Au regard que m'a jeté l'interne des urgences, j'ai compris.

– Il n'y avait plus rien à faire ! sanglota Adrienne Marinier.

– Jean était décédé : coma hyperglycémique. Son cœur n'a pas tenu.

Logicielle n'en douta pas un instant. La thèse du meurtre ne tenait plus.

– C'est pourquoi, ajouta le docteur toujours aussi soucieux, je ne comprends pas comment quelqu'un aurait pu l'assassiner.

– S'il y a une coupable, c'est moi ! plaida Mme Marinier. À midi, j'aurais dû vérifier qu'il avait procédé à son injection. Et le soir…

Logicielle ne prit ni le temps ni la peine de leur expliquer ses anciens soupçons ; en lisant la presse, ils comprendraient vite. Elle les congédia en les remerciant pour leur collaboration.

Restée seule, elle rumina cette évidence :

– C'était donc un hasard.

Longtemps, elle avait espéré que la cause de la mort de Jean Marinier lui livrerait la solution. Et elle repartait à zéro.

– Non ! s'exclama-t-elle soudain. Il n'y a aucune place pour le hasard là-dedans !

Au lieu, comme on s'y serait attendu, de maquiller un crime en mort naturelle, le meurtrier, ici, avait fait l'inverse : il avait utilisé ce décès banal… pour faire croire à un assassinat. Ainsi s'éclairait le mystère de cette 114e mesure : le serial killer ne l'avait choisie qu'en raison de l'accident de Jean Marinier. Sa première cible véritable était Constant Sylvestre.

Un chef d'orchestre

Ce soir-là, samedi 10 juillet, la salle Pleyel était comble. Max avait obtenu deux places au cinquième rang.

Logicielle nota :

– C'est paradoxal d'assister à un concert assis à l'orchestre, non ?

– Autrefois, lui apprit Max, ces places étaient justement réservées aux musiciens. Seuls les acteurs jouaient sur scène.

– Mais alors comment appelait-on l'endroit où nous sommes ?

– Le parterre. Et les spectateurs assistaient au spectacle debout !

Peu avant vingt et une heures, les membres du NOE arrivèrent. Le public les ovationna tandis qu'ils s'installaient sur leurs sièges.

Logicielle reconnut la plupart d'entre eux. Elle remarqua :

– Tiens, Jacques Deitte n'est pas là ?

À cet instant, le premier violon entra sur scène. Il fut salué par une salve d'applaudissements. Logicielle comprit aussitôt pourquoi : il faisait office de chef d'orchestre. Mais au lieu de se tenir debout sur le podium central, il s'assit au premier rang, parmi les autres violonistes. Une fois le silence établi dans la salle, il leva son archet puis abaissa la tête.

Et l'orchestre démarra comme un seul homme.

La première œuvre au programme était la *Symphonie espagnole* d'Édouard Lalo. Une œuvre enjouée, pleine d'entrain, aux mélodies et au rythme changeants, où le violon était en permanence présent. Logicielle ne quittait pas le soliste des yeux, au point que Max, pendant l'entracte, le lui reprocha.

– Eh… serais-tu jaloux par hasard ? renvoya-t-elle, presque flattée.

– Oh, je te comprends, tu sais, moi, quand j'assiste aux répétitions de l'orchestre Loustachi, c'est Line, la violoncelliste, que je fixe tout le temps. Et si tu voyais les regards qu'elle me renvoie !

Logicielle n'en croyait pas un mot, Line n'avait d'yeux que pour son chef. À l'entracte, elle consulta le programme. La deuxième partie était consacrée à la *Cinquième Symphonie* de Gustav Mahler.

Cette fois, le public n'applaudit pas les musiciens quand ils reprirent leurs places. Tandis qu'ils s'accordaient, le silence se fit dans la salle. Logicielle, les yeux dans le vague, observait le percussionniste en tentant de dominer son appréhension.

– Eh bien ? s'impatienta-t-elle. Qu'est-ce qu'ils attendent ?

Comme la première fois, Jacques Deitte surgit des coulisses et salua le public qui l'applaudissait. Alors, Logicielle blêmit. Elle saisit le bras de Max, si violemment qu'il chuchota :

– Eh, qu'est-ce que tu as ?

– Max... je crois que j'ai compris !

– Compris ? Qu'est-ce que tu as compris ?

– Je sais qui a tué Aimé Larquet, à Aulnay. Et comment il s'y est pris.

Derrière eux, il y eut plusieurs « chut ! » : le concert avait repris. Tandis que l'orchestre se déchaînait, Logicielle murmurait :

– C'est évident. C'est simple... Ah, j'aurais dû y penser !

Pendant les passages plus calmes, Max, impatient, lui chuchotait à l'oreille :

– Qui est-ce ? Mais enfin, dis-le-moi !

La symphonie s'acheva.

Pendant les applaudissements qui saluaient la prestation du NOE, Logicielle consentit à souffler :

– À quoi bon te le révéler ? Je n'ai aucun prétexte pour l'arrêter. Une évidence ne constitue pas une preuve. Le meurtrier a agi sans témoin. Il aurait fallu, l'autre jour, que je trouve un indice – ou qu'il ait été pris sur le fait. Mais il est malin.

Vexé, Max n'insista pas. Alors que les spectateurs quittaient la salle, l'attention de Logicielle fut attirée par un groupe d'officiels massés au pied de la scène ; ils s'entretenaient avec quelques musiciens. Elle retint Max par la manche.

– Un instant. J'aimerais féliciter Jacques Deitte. Eh, dis-moi, n'est-ce pas le président de l'Assemblée européenne accompagné de notre ministre de la Culture ?

– Si. Ils semblent en grande discussion avec le premier violon et… mais oui, avec Loustachi en personne !

Rien d'étonnant, songea-t-elle. Cet ultime concert du NOE était l'occasion pour les musiciens de faire la connaissance de leur futur chef. Quelques représentants des gouvernements servaient d'intermédiaires pour assurer les présentations.

Finalement, après les poignées de main et sourires d'usage, les hommes politiques s'éloignèrent. Soudain, Max s'exclama :

– Là-bas, regarde ! Cette jeune femme restée dans l'ombre du premier balcon… Tu devines qui c'est ?

– Mieux, je la reconnais. C'est Liselotte Griocek.

Elle cherchait le compositeur des yeux. Mais il n'était pas là, la salle était d'ailleurs presque vide. Il ne restait que Jacques Deitte et Loustachi qui discutaient à voix basse. Et, toujours en retrait, la femme de Griocek qui semblait attendre quelqu'un.

– L'épouse du compositeur ? Tu es sûre ? chuchota Max, stupéfait.

Soudain, elle se rendit compte que son coéquipier n'avait jamais vu Liselotte Griocek. Comment l'avait-il reconnue ? Il révéla :

– Eh bien c'est aussi l'amie intime de Loustachi.

Ça, c'était un scoop ! Logicielle réprima un sursaut. Elle voulut rétorquer que la présence, ce soir, de Liselotte s'expliquait. Après tout, les Griocek et Loustachi se connaissaient bien. Mais la femme du compositeur était seule. Et depuis la filature nocturne de Karim et de son coéquipier, la nature de ses relations avec le chef d'orchestre semblait aller nettement au-delà de l'amitié.

– Viens ! décida Logicielle en prenant Max par la main. Rejoignons ces messieurs. Ils n'ont pas l'air d'accord.

♮

Dès qu'ils s'approchèrent, le premier violon et Loustachi interrompirent leur conversation pour se tourner vers eux.

– Bonsoir monsieur Loustachi, dit Logicielle. Nous tenions à vous féliciter, monsieur Deitte, ajouta-t-elle en serrant la main du musicien. Votre interprétation de la *Symphonie espagnole* m'a beaucoup impressionnée. C'était excellent, n'est-ce pas ?

Elle se tourna vers Adolphe Loustachi qui grommela une approbation forcée. Avec un sourire gauche, elle avoua :

– Je n'y connais pas grand-chose. Mais je me demande comment le NOE parvient à jouer avec une telle cohésion, un tel ensemble... Et cela, sans qu'aucune baguette ne donne le moindre signal !

– Un orchestre peut se passer de chef, déclara Jacques Deitte avant d'ajouter en s'adressant à Loustachi d'une voix fielleuse, mais que serait un chef sans orchestre ?

Les deux hommes s'affrontèrent du regard pendant une interminable seconde.

– En fait, mademoiselle, ajouta le premier violon en la prenant à témoin, le chef et les musiciens ne sont que des instruments au service de l'œuvre. Car c'est l'œuvre qu'il faut servir. Sans la trahir. Sans l'altérer avec la personnalité de ceux qui en sont les simples interprètes. L'orchestre est un outil.

– Certes, approuva Loustachi. Mais un orchestre, c'est comme une voiture de compétition : il est criminel de la laisser aux mains d'un conducteur peu expérimenté.

La comparaison était transparente mais Jacques Deitte rétorqua :

– Surtout quand le pilote ne conduit que des petites cylindrées...

– Mon orchestre n'a plus grand-chose à prouver, rétorqua le chef sur un ton acerbe. Et que cela vous plaise ou non, il me semble que j'ai été choisi pour diriger le vôtre.

– En effet, admit le premier violon du NOE en se tournant vers Logicielle. Il arrive parfois que les intérêts des États passent avant ceux de la musique.

Jacques Deitte insinuait que Loustachi serait nommé à la tête du NOE moins pour ses qualités de chef que pour des raisons diplomatiques. Étant originaire de l'actuelle Braïlie, Loustachi introduisait, par sa nomination, ce nouveau pays dans le concert de l'Union européenne. Par l'entrée des artistes, en quelque sorte.

Sur cette dernière attaque, Jacques Deitte adressa un bref signe de la tête à ses interlocuteurs avant de s'éloigner, son violon à la main.

♮

Depuis quelque temps, Loustachi ne cessait de lorgner vers Max, qui finit par lui dire en souriant avec malice :

– Mais oui, monsieur Loustachi, mademoiselle et moi nous nous connaissons.

– Max est mon ami, expliqua-t-elle.

Ce n'était pas vraiment un mensonge. Et cela lui évitait de préciser que son compagnon appartenait à la police.

Moins discret qu'elle, Max désigna la femme de Griocek qui, docile, attendait toujours au fond de la salle :

– Je crois comprendre que vous êtes accompagné vous aussi ?

Le trouble de Loustachi fut bref. Il fit signe à Liselotte d'approcher.

Elle obéit, sourit avec un naturel désarmant, comme une vedette joue la surprise en découvrant des journalistes.

– Je vous présente Mme Griocek, annonça Adolphe Loustachi.

– Mais nous nous connaissons déjà, dit Logicielle en tendant la main à la jeune femme. Comment allez-vous ? Et... comment va votre mari ? ajouta-t-elle en simulant une inquiétude polie.

– Il est très fatigué, répondit-elle en rougissant. S'il avait su qu'Adolphe serait là ce soir, je suis sûre qu'il serait venu. Eh bien il est temps que je rentre, à présent. Bonsoir Adolphe.

– Bonsoir Liselotte, murmura Loustachi en effleurant de ses lèvres la main qu'elle lui tendait. N'oubliez pas de saluer Milan de ma part.

Moins habitué aux mondanités, Max serra la main de la jeune femme.

Logicielle ne put s'empêcher de ressentir un pincement de jalousie en détaillant le superbe ensemble que portait Mme Griocek : un tailleur en lin d'un très joli rose, certes un peu éclatant. La seule faute de goût venait peut-être de ses chaussures bleu marine, pourtant assorties au sac à main.

♮

Soudain, Logicielle eut une intuition. Une idée sans doute complètement folle qui devint vite une conviction.

– Je vous quitte, à bientôt, lança brusquement Loustachi.

À son tour, il leur serra la main et quitta la salle. Logicielle écoutait à peine Max qui commentait à voix basse :

– Quels hypocrites ! Ils font semblant de se connaître à peine !

– Viens ! lança-t-elle en entraînant Max à l'extérieur.

– Que veux-tu faire ? Les suivre ? Pourquoi, tu as encore un doute sur la nature de leurs relations ?

– Oh non ! La courtoisie ordinaire imposait à Loustachi qu'il propose à la femme de Griocek de la raccompagner. D'ailleurs on se demande bien ce qu'elle attendait, au fond de la salle. Elle a dû être très embarrassée en me reconnaissant. En feignant la distance, ils se sont trahis.

– Alors pourquoi veux-tu les rattraper ?

Loustachi venait de héler un taxi rue du faubourg Saint-Honoré. Liselotte, elle, se dirigeait à pied vers le métro Étoile.

– Je ne veux pas les rattraper, Max. Regarde : ils se séparent. Et à mon avis, ils ne se reverront pas ce soir, ils ont justement trop peur d'être filés. Vite, rejoins Mme Griocek à moto. Passe discrètement près d'elle à petite vitesse avant qu'elle ne s'engouffre dans le métro. Et regarde attentivement son tailleur.

Docile, Max s'exécuta.

♮

Cinq minutes plus tard, il rejoignit Logicielle qui l'attendait sur un banc, déjà coiffée de son casque.

– Et alors ? fit-il, étonné et déçu. Oui, son tailleur est très joli. Mais je ne sais pas s'il valait vraiment le détour.

– La couleur, Max ! Tu n'as pas remarqué la couleur ?

– Si. Il est rose. D'un rose, euh... plutôt saumon, presque fluo. Pourquoi ?

– Cette couleur très particulière ne te rappelle rien ?

Comme il réfléchissait en fronçant les sourcils, elle plongea la main dans une des sacoches de la moto. Elle en sortit l'escarpin et affirma :

– C'est exactement le même rose.

Sur la pointe des pieds

Logicielle commença la semaine en arrivant très tôt au commissariat. À peine débarrassée de sa veste, elle sursauta : la radio, qui marchait en sourdine, diffusait un spot publicitaire pour une voiture. En une seconde, elle identifia la musique utilisée comme jingle.

– *La Symphonie du sacre* ! C'est même le passage qui précède la 114e mesure ! Ils ont osé...

Dès neuf heures, elle joignit le siège de la société automobile.

– Tout s'est passé très vite, lui expliqua joyeusement le responsable du service marketing. Cette œuvre est devenue très populaire, nous la voulions ! Nous avons traité avec *Fortissimo*.

– Quel est le montant des droits que vous lui avez versés ?

– C'est confidentiel. Mais ils sont, euh... assez élevés.

Logicielle remercia et sortit de son tiroir le contrat que lui avait envoyé la maison de disques. Les bénéfices rapportés par les droits dérivés étaient partagés entre *Fortissimo*, le compositeur et le chef d'orchestre. Là encore, le pactole promettait d'être juteux. Furieuse, elle fila jusqu'au bureau de Max pour l'avertir. Il n'était pas arrivé. Elle jeta un coup d'œil sur son bureau où traînait une chemise :

Toxicomane de Saint-Denis
26 juin
Affaire en cours

Elle l'ouvrit et consulta à la hâte le rapport qu'il contenait. À ce moment, son coéquipier entra.

– Ça t'intéresse ? soupira-t-il d'une voix un peu lasse. C'est la déposition de mon pharmacien dévalisé.

– Max ? Le produit qui est souligné au feutre, l'Indocid… ?

– C'est celui qui n'a pas été retrouvé. Un produit courant. Le drogué l'a sans doute égaré dans sa fuite. Eh, Logicielle, tu es sûre que ça va ?

Elle était devenue très pâle, réfléchissait et s'exclama :

– De l'Indocid ! J'ai tout compris ! C'était pourtant limpide !

– Quoi ? Mais... quel rapport pourrait avoir mon affaire avec la tienne ?

– Quel rapport ? Eh bien Max, c'est la même affaire.

– La même ? Attends, je ne comprends pas. Par quel hasard... ?

– Aucun hasard là-dedans, Max ! lança-t-elle de plus en plus excitée. La seule chance que nous ayons eue, c'est que tu sois intervenu avec ta moto. Et que tu aies fait tous ces dégâts !

– Tu parles d'une chance, un blâme qui...

– Ton blâme ? Il ne sera pas mentionné. Mieux, je t'affirme que Delumeau sera bientôt contraint de te féliciter.

– J'aimerais bien voir ça ! Bon. Si tu m'expliquais ?

Logicielle ferma la porte du bureau pour révéler à Max :

– Je sais qui a assassiné Constant Sylvestre.

– Tu me l'as déjà dit avant-hier.

– Non ! Avant-hier, c'est l'assassin du percussionniste que j'avais identifié. Mais le meurtrier du chef d'orchestre, à Saint-Denis, c'est quelqu'un d'autre – son complice. L'assassin voulait faire croire à des meurtres en série. Or le premier décès était d'origine naturelle. Le deuxième, à Saint-Denis, un crime préparé par un comparse. Et le troisième, l'électrocution, a été exécuté par le maître d'œuvre.

– Mais qui ? Je veux dire : qui et qui, puisqu'il y a un meurtrier et un complice ?

– Là encore, il me faut une preuve. Accepterais-tu de refaire le guet avec Karim, comme l'autre jour ?

– Bien sûr. Dans quel but ?

– J'aimerais rendre visite à Milan Griocek. Or je voudrais rester longtemps seule avec lui. Et le meilleur moment, c'est quand Liselotte et Adolphe sont ensemble.

– D'accord, se résigna Max dans une grimace. C'est un plaisir de travailler avec toi, Logicielle, j'adore la clarté de tes explications.

♮

En fin de matinée, Logicielle passa plusieurs coups de fil aux musiciens de l'orchestre Loustachi pour obtenir des détails sur la journée du 26 juin à Belfort. Notamment sur la présence de M. et Mme Griocek durant les répétitions de l'après-midi.

Leurs réponses achevèrent de la convaincre.

Elle s'apprêtait à quitter son bureau quand elle reçut un appel de Germain. Triomphal, son collègue de Bergerac lui révéla :

– Logicielle ? Nous avons été stupides ! Il n'y a pas un mais deux meurtriers. Je crois savoir qui a tué le percussionniste. Hélas j'ignore qui a assassiné Constant Sylvestre, à Saint-Denis.

– Forcément, vous n'aviez aucun moyen de le découvrir. Mais moi, j'aurais pu être plus rapide. C'est fait, je viens de l'identifier.

Germain marqua un temps pour digérer l'information.

– Quant à l'auteur du bricolage électrique d'Aulnay-de-Saintonge, reprit Logicielle, il n'y a guère qu'une solution, n'est-ce pas ? Malheureusement, aucun de nous deux n'y a songé sur le moment !

– À présent, soupira Germain, je ne vois plus qu'un moyen pour l'appréhender : le prendre sur le fait.

Logicielle n'osait pas comprendre. Il confirma :

– Bien sûr, c'est très dangereux. Mais imaginez qu'un nouveau concert ait lieu. Au programme, on donne *La Symphonie du sacre*...

– ... et à la fin du grand crescendo, à la mesure 114, quelqu'un est à nouveau assassiné ? C'est payer cher la capture de l'assassin, non ?

– Il faudra intervenir juste avant qu'il n'agisse.

– Imprudent. Imaginez qu'il réussisse son coup sans se trahir ?

Ils débattaient toujours lorsque son portable sonna. Elle coupa court au dialogue avec Germain pour répondre.

– C'est moi, Max. Désolé Logicielle, mais ta ligne du bureau était occupée. Je t'appelle de la rue Blanche. Ou plutôt d'un bistrot voisin.

Karim est en train de répéter et Loustachi m'a mis à la porte de la salle. Il a fort bien fait ! Sans cela, je n'aurais jamais vu entrer et s'installer sur la terrasse... Tu sais qui ?

– Liselotte Griocek ?

– Exactement. Elle ne m'a pas vu. Elle attend comme moi la fin de la répétition. Mais ce n'est pas Karim qu'elle va raccompagner.

– Merci, Max ! Je file chez Milan Griocek. Préviens-moi si Liselotte quitte Loustachi pour rentrer chez elle.

Logicielle prit dans son tiroir un dossier et une boîte de comprimés qu'elle jeta dans son grand sac à main. En quittant son bureau, elle faillit se heurter à Delumeau qui bougonna, mécontent :

– Max a pris son après-midi ! Et vous, vous partez déjà ?

– Oui. Il est dix-sept heures passées. Et je suis très pressée. Je dois prendre le thé chez un compositeur ! Si, si, c'est important.

Elle le planta là pour s'engouffrer dans sa Twingo.

♮

Malgré les embouteillages, elle parvint rue Joseph de Maistre avant dix-huit heures. Son portable, en veille, restait muet.

Cette fois, elle emprunta l'ascenseur puis monta à pied le dernier étage qui conduisait au long couloir obscur. Elle repéra les W.-C. et parvint à la porte des Griocek. Elle attendit longtemps avant que le vieil homme lui ouvre, une canne à la main.

Il semblait étonné de la voir. Elle s'excusa :

– J'aurais dû vous avertir mais je devais passer vous faire signer votre déposition. Avez-vous quelques instants à me consacrer ?

– Bien sûr. Entrez. Asseyez-vous.

Comme elle l'espérait, il ajouta presque aussitôt :

– Voulez-vous boire quelque chose ?

– Oh, du thé, s'il vous plaît. L'autre fois, il était excellent. Mais ne vous dérangez pas, monsieur Griocek ! Je peux m'en occuper.

Elle fit mine de se diriger vers la cuisine. Il l'en empêcha :

– Pas question. Restez assise.

La mort dans l'âme, elle obéit. Tout ne se déroulait pas comme elle l'avait désiré. Tandis que le compositeur mettait l'eau à chauffer et apportait des tasses, il expliquait :

– Quand Liselotte n'est pas là, il faut bien que je me débrouille seul, n'est-ce pas ?

Elle fouilla dans son sac, en sortit deux comprimés qu'elle garda en main en attendant qu'il revienne.

Depuis longtemps, Max lui avait enseigné l'une des règles de la prestidigitation : quand on exécute une manipulation, il faut attirer l'attention du public ailleurs. Après que Milan Griocek eut versé le thé, elle sortit le dossier de son sac et, tout en lui tendant d'une main les deux feuilles agrafées, elle jeta, de l'autre, les comprimés dans la tasse du compositeur.

– Voici votre déposition concernant l'emploi du temps du 26 juin, à Belfort, dit-elle d'un ton détaché. Puis-je vous la lire ?

Ce qu'elle fit lentement, en resservant du thé à Milan Griocek qui écoutait sans marquer de surprise. Après quoi, elle ajouta :

– Avant que vous ne la signiez, je voudrais que vous jetiez un coup d'œil sur la déposition de votre épouse.

Tandis qu'il s'exécutait, Logicielle se leva :

– Est-ce que ce sont les toilettes que j'ai vues sur le palier ? Ce doit être un effet de votre thé. Voulez-vous m'excuser un instant ?

Quand elle revint, le compositeur lisait encore la déposition de Liselotte, pour la deuxième fois sans doute. Logicielle précisa :

– C'est une déclaration sur l'honneur. Mme Griocek affirme avoir déjeuné avec vous, avoir été présente aux répétitions puis avoir dîné et assisté à la représentation du soir. Vous pensez qu'elle la signera ?

Il leva vers elle un regard inquiet et soupçonneux, répondit :

– Oui, bien sûr ! Pourquoi cette question ?

– Parce que c'est faux, dit Logicielle à voix basse. Parce que votre épouse n'était pas à Belfort, dans la salle, le 26 juin après-midi. Et vous, monsieur Griocek, vous alliez signer une déposition mensongère. Regardez : « Mon épouse est restée à mes côtés pendant les répétitions de quatorze à dix-neuf heures. »

Le compositeur parut troublé. Il tentait de rassembler ses souvenirs. Enfin, il avoua avec embarras :

– Elle a pu s'absenter, en effet. Vous savez, c'est très long, une après-midi de répétition. Et j'ai déjà tellement ennuyé Liselotte avec ma *Symphonie du sacre*. Je lui ai demandé de rassembler les articles concernant les concerts où l'on donnait mon œuvre.

Logicielle se taisait. Elle lui resservit du thé comme pour l'inviter à parler encore. Dans un dernier effort, Griocek déclara :

– Je n'ai pas vraiment fait attention. Mettez-vous à ma place : quand on répète l'une de mes œuvres, je suis attentif à la musique. Je donne des conseils au chef d'orchestre, nous travaillons tel ou tel passage. C'est vrai, Liselotte a pu sortir et faire des courses à Belfort. Est-ce donc si important ?

– Oui. Ce matin, j'ai appelé les musiciens de l'orchestre Loustachi. Leurs déclarations concordent : vous étiez bien là de quatorze à dix-neuf heures, monsieur Griocek. Mais aucun d'eux n'a aperçu votre épouse dans la salle. Le flûtiste m'a affirmé vous avoir vu à midi au restaurant. Vous déjeuniez avec Adolphe Loustachi. Votre femme n'était pas avec vous.

Milan Griocek n'était plus sûr de lui. De toute évidence, Logicielle lui rappelait des faits auxquels, à l'époque, il n'avait pas prêté grande attention – mais qui lui revenaient en mémoire avec une douloureuse précision.

– C'est exact, admit-il. Ensuite mon épouse et moi sommes partis à Belfort en car. Le soir, nous avons assisté au concert ensemble. Et nous sommes revenus dans la nuit. Et en quoi Liselotte… ?

– Où se trouve-t-elle, en ce moment ?

Logicielle s'en voulait d'être aussi cruelle, mais il lui fallait gagner du temps. Et la curiosité la poussait à savoir où s'arrêtaient la candeur et la sincérité du compositeur.

– Mademoiselle, reprit-il d'une voix altérée, m'avez-vous bien regardé ?

Elle ne répondit pas. Alors il expliqua d'une voix rauque :

– Je suis un homme malade et usé. Ma femme a vingt-cinq ans de moins que moi. Elle est belle et en pleine santé. Voyez-vous, j'ai déçu ses espoirs. Malgré cela, elle continue d'assurer les courses, la cuisine, le ménage ; elle gère les problèmes administratifs, elle me sert d'infirmière et me tient compagnie. Comment voudriez-vous que je lui reproche de sortir et de se distraire ? De faire des emplettes dans les magasins ? D'aller au cinéma ou au restaurant ?

Logicielle approuva. Tant pis, elle devait aller jusqu'au bout.

– Monsieur Griocek, savez-vous où se trouve votre femme ?

Oui, il le savait, et sa stupéfaction ne venait pas de la question elle-même, mais du fait que Logicielle fût au courant. C'était cela qu'il ne comprenait pas.

– Pourquoi, pourquoi nous tourmentez-vous ? murmura-t-il enfin en fixant l'inspectrice avec un regard humide de chien battu. Ah, je n'en peux plus, excusez-moi un instant.

Enfin, il se leva, avec une certaine difficulté, se détourna pour pleurer sans qu'elle le voie, et se dirigea péniblement vers la porte. Dès qu'il fut sorti, Logicielle se précipita vers le placard. Elle ne disposait que de quelques instants. Elle n'était pas très fière d'avoir ainsi provoqué l'absence de Griocek.

– C'était ça ou la perquisition, murmura-t-elle en fouillant parmi les vêtements. Et cette solution est plus rapide et plus discrète.

La penderie contenait deux costumes d'homme. Il y avait là surtout des tailleurs, des jupes, des ensembles. Le peu d'argent que gagnait le compositeur semblait surtout investi dans la garde-robe de madame. Les chaussures, très nombreuses aussi, étaient bien rangées en bas et au fond du placard. Dans des boîtes empilées. Logicielle en repéra tout de suite une, sur le côté, qui avait été visiblement écrasée. Ce fut la première qu'elle ouvrit.

Elle ne contenait qu'une chaussure. Un superbe escarpin rose. Intact. Du quarante et un. Un pied droit.

Elle referma le placard.

Elle eut même le temps de se rasseoir et de se resservir du thé. Après les révélations qu'elle venait de lui asséner, le compositeur devait avoir un gros chagrin – et, avec le diurétique qu'elle avait jeté dans sa tasse, une énorme envie de faire pipi.

Ultimes répétitions

Toute la nuit, Logicielle avait réfléchi. Si elle arrêtait Liselotte, pouvait-elle en espérer des aveux susceptibles d'arrêter le meurtrier d'Aimé Larquet ? Car Mme Griocek n'avait pas tué le percussionniste : au moment où l'assassin du musicien bricolait la ligne EDF à Aulnay, elle se trouvait à Paris, avec son mari et les voisins.

Le lendemain après-midi, Karim lança l'alerte.

– Logicielle ? Je vous appelle d'une cabine. C'est la pause. On répète *La Symphonie du sacre* !

Elle marqua un temps de réflexion, tenta de calmer le jeu.

– C'est normal, Karim, Loustachi espère encore jouer cette œuvre. C'est l'un des clous de son futur programme.

– À mon avis, nous l'interpréterons bientôt ! Les musiciens ont la trouille, Logicielle.

Karim n'osa pas ajouter : et moi aussi ! Mais le ton de sa voix était éloquent. Il finit par avouer :

– Moi, je ne connais rien à cette symphonie. Et la partie de basson n'est pas facile. À chaque faute, Loustachi me fusille du regard... Ça y est, Line me rappelle. Je dois y aller.

Trois heures plus tard, la fameuse Line téléphona elle aussi à Logicielle. Embarrassée, elle finit par avouer :

– Nous répétons *La Symphonie du sacre*. Mes camarades m'ont prié de vous joindre pour vous demander conseil. Le chef nous a prévenus, nous partons samedi en province pour un concert. Il n'a pas livré de précisions mais l'œuvre sera au programme, c'est sûr.

Ainsi, l'affection de la violoncelliste vis-à-vis de son chef s'était transformée en méfiance. Logicielle soupçonna Karim d'y être pour quelque chose et d'avoir... retourné la situation à son profit.

– Que devons-nous faire ? demanda Line d'une voix nouée.

– Rien. Jusqu'à la représentation, je pense que vous ne courez aucun risque. N'ayez crainte. Restons en contact.

Loustachi ne manquait pas de culot. Elle l'appela le soir même, et elle lui révéla qu'elle tenait l'information des musiciens eux-mêmes. Le chef d'orchestre ne mâcha pas ses mots :

– C'est exact, j'ai une proposition pour samedi prochain, 17 juillet. Les organisateurs souhaitent que cette symphonie soit interprétée. Cette œuvre est notre gagne-pain, mademoiselle. Vous ne pouvez pas nous contraindre plus longtemps à ce chômage forcé. Oui, nous allons jouer *La Symphonie du sacre*. De quel droit voulez-vous nous en empêcher ?

Il avait raison, elle n'avait aucun moyen de lui délivrer un ordre écrit officiel. Si les organisateurs de festival avaient retiré l'œuvre de leur programme d'été, c'était parce qu'ils ne voulaient prendre aucun risque. Elle rétorqua :

– En ce cas, vous ne m'empêcherez pas non plus de prendre les mesures de sécurité nécessaires. Où ce concert aura-t-il lieu ?

Le chef parut hésiter. Enfin, avant de raccrocher, il lâcha :

– À Sainte-Foy-la-Grande. En l'église Notre-Dame. À vingt et une heures.

Sainte-Foy ! La maison de Germain se trouvait au Fleix, un village situé à cinq kilomètres de là. Une chance inespérée… Elle appela aussitôt le commissariat de Bergerac.

– Oh, je suis au courant, Logicielle ! Et pour cause : c'est moi qui ai joint Loustachi pour lui proposer ce concert.

– Vous ? Vous, Germain ?

– Bien entendu, je ne lui ai pas dit qui j'étais. Je me suis fait passer pour l'adjoint à la culture de la ville, avec l'accord de ce dernier. Je vous avais parlé d'un piège, Logicielle. Eh bien il est en place. C'est une initiative personnelle, j'en assume la responsabilité.

– Germain, c'est de la folie !

– Que croyez-vous ? répondit-il en éclatant de rire. Rassurez-vous, les précautions sont déjà prises : l'église est fermée et gardée par mes meilleurs agents depuis ce matin.

– Mais quand le public va entrer…

– Loustachi ignore que la plupart des invités seront des policiers en civil. Le vrai public sera très réduit. Les spectateurs seront fouillés à l'entrée. Sans parler des musiciens et de leur matériel.

– Soit. Mais si notre homme soupçonne l'ombre d'un traquenard, il n'agira pas. Et nous devrons le laisser filer !

– Possible. Néanmoins il peut prendre le risque. Ou commettre une erreur. Nous n'avons pas le choix Logicielle, nous devons essayer.

De toute façon, songea-t-elle, il est trop tard pour reculer.

♮

Le lendemain, Logicielle joignit Karim pour le rassurer. Puis Line, à qui elle affirma :

– Il n'arrivera rien. Toutes les précautions seront prises. Faites-le savoir discrètement à vos camarades. Il faut que ce concert ait lieu.

Chaque soir, Karim fournissait à Logicielle un rapport détaillé. Les répétitions avaient lieu dans une tension extrême. Évincé de la salle de répétitions par Loustachi, Max se consolait en assurant ses filatures habituelles. Elles furent d'ailleurs limitées ; Liselotte ne quitta pas son domicile. Ce fut le chef d'orchestre qui, le jeudi, passa la soirée chez les Griocek.

– Qu'est-ce que c'est ? grommela Delumeau.

Il tournait et retournait entre ses doigts le billet rose que Logicielle venait de lui donner.

– Une invitation pour un concert. Demain soir, à Sainte-Foy-la-Grande. Une ville charmante, au bord de la Dordogne, à six cents kilomètres de Paris. L'orchestre Loustachi s'y produit avec *La Symphonie du sacre*. J'espère que vous aimez la musique ?

Delumeau devint blanc, puis rouge de colère. Juste avant qu'il n'explose, elle expliqua à son supérieur :

– C'est une opération montée par l'inspecteur Germain, de Bergerac. Mais il souhaite notre coopération. Si vous acceptez de nous accompagner, peut-être assisterez-vous en direct à la conclusion de cette affaire. Et à l'arrestation de deux meurtriers.

♮

Logicielle ne voulut prendre aucun risque. À cinq heures du matin, elle stationnait discrètement rue Blanche, attendant le car qui allait emmener les musiciens.

Assis à l'arrière de la Twingo, Max constata :

– Incroyable ! Aucun ne manque à l'appel. Loustachi rassemble ses troupes. Un vrai colonel. Tiens, on dirait qu'il engueule Karim.

– Quel Karim ? bougonna Delumeau, mal réveillé, à côté de Logicielle.

– Ma bavure de Saint-Denis, répondit Max. Il est également bassoniste dans l'orchestre. On vous expliquera plus tard, chef.

Enfin, après que les instruments eurent été rangés dans les soutes, le car démarra. Il fit un détour par la place de Clichy, s'engagea sur le pont Caulaincourt et stationna rue Joseph de Maistre. Loustachi quitta le véhicule et entra dans un immeuble. Logicielle s'écria :

– C'est bien ce que je pensais, les Griocek sont de la partie !

Dix minutes plus tard, le couple apparut en compagnie du chef d'orchestre.

Inconscience ou provocation ? Liselotte portait son ensemble rose !

Impressionné, Delumeau nota :

– Ma foi, la femme du compositeur est bien élégante !

– Oui, dit Logicielle. Il n'y a que les chaussures qui détonnent.

– Heureusement, ajouta Max en désignant le sac à main de sa coéquipière, nous avons emporté un escarpin assorti.

Delumeau n'y comprenait plus rien.

♮

Le car arriva à Sainte-Foy-la-Grande peu après midi. Tandis que les musiciens se dispersaient pour le déjeuner, Logicielle, Max et Delumeau retrouvèrent Germain place de la Mairie. Les deux commissaires, qui ne se connaissaient pas, se serrèrent la main.

– Venez, déclara Germain. J'ai réservé pour déjeuner une table dans l'un des petits restaurants sous les arcades de la bastide.

Le repas fut agréable. Il faisait beau. Delumeau ne pouvait s'empêcher de jeter de temps à autre des regards inquiets vers la grande église Notre-Dame, toute proche.

– Dommage que vous n'ayez pas le temps de visiter la région, dit Germain au commissaire de Saint-Denis. Les musiciens attendent devant le porche. Et c'est moi qui ai la clé.

Germain se présenta à Loustachi comme l'organisateur du concert. Quand le chef d'orchestre aperçut Logicielle et Max, il se dirigea vers eux en souriant.

– J'aurais dû me douter que vous seriez ici ! J'apprécie que vous ayez accompli ce trajet pour assurer notre sécurité. Vous connaissez déjà Mme et M. Griocek ? ajouta-t-il en se tournant vers Liselotte et son mari.

Les présentations faites, les musiciens et leur chef pénétrèrent dans l'église ; un podium était dressé dans le chœur.

– Vous accepterez que nous vérifiions l'état des instruments ? demanda Logicielle en désignant les policiers en civil qui accompagnaient Germain. Et que nous assistions à la répétition ?

Loustachi afficha un rictus en guise d'approbation. Puis il gagna le podium avec sa partition en attendant que l'orchestre se mette en place. L'ambiance était électrique. Agacé par l'inspection prolongée de sa flûte, son propriétaire jeta à Max :

– Qu'est-ce que vous espérez découvrir à l'intérieur ? Une flèche enduite de curare ?

– Ma foi, le curare pourrait aussi bien se trouver sur le bec.

Le flûtiste pâlit et ne protesta plus.

La répétition fut longue ; elle se déroula sans trop d'accrocs.

Vers dix-neuf heures, les musiciens quittèrent l'église pour dîner ; mais une quinzaine de personnes restèrent sur place pour patrouiller et fouiller encore une fois les lieux. Logicielle, Germain et Max étaient du nombre. Ce dernier, déçu, affirma :

– Il ne peut rien se passer ici ! L'eau des bénitiers a été analysée. Les crucifix sont sous surveillance ; les araignées elles-mêmes ont dû justifier leur identité. Comment le meurtrier s'y prendrait-il ?

♮

Vers vingt heures, les premiers spectateurs arrivèrent.

Un peu à l'écart, Germain les désignait à Logicielle en chuchotant :

– Là, ce sont les gendarmes du bourg de La Force. Ici, des collègues de Libourne. Ah, je ne connais pas ceux-là. D'authentiques amateurs.

Ils étaient fouillés. À vingt heures trente, Jean Jolibois et le premier violon du NOE, Jacques Deitte, se présentèrent à l'entrée.

– Ah, comme c'est gentil d'être venus ! leur dit Logicielle.

Elle leur avait envoyé une invitation et ajouté que leur présence en tant qu'observateurs serait précieuse. Comme prévu, les policiers en civil refoulèrent quelques journalistes. Peu après, on dut afficher complet. Restés à l'extérieur, plusieurs groupes protestèrent. La foule continuait d'arriver.

Germain grommelait, exaspéré :

– Et nous n'avons fait aucune publicité ! Mais le bouche à oreille a fonctionné. Pourtant, les gens savent qu'ils risquent peut-être gros en venant à ce concert !

– Ils espèrent assister à un meurtre en direct, soupira Logicielle, en priant que l'assassin ne les prendra pas pour cible ! Ah, voici Liselotte et Milan Griocek !

Ils avaient une place au premier rang. Mais Milan ne resta pas auprès de son épouse, il s'installa à l'écart, près d'un pilier, face au gros magnétophone à bande qu'il avait apporté.

– Il existe si peu d'enregistrements publics de mon œuvre ! expliqua-t-il à Logicielle. Je ne voulais pas rater l'occasion.

Du coup, elle s'assit à la place du compositeur, entre Max et Liselotte. À sa droite, Delumeau et Germain discutaient à voix basse. Dans les travées et derrière l'autel, une dizaine de policiers en civil continuaient à circuler. Loustachi faillit se fâcher :

– Pourraient-ils regagner enfin leurs places ? Ou cesser de gigoter ?

Sur un signe de Germain, les inspecteurs s'immobilisèrent. Au clocher de Notre-Dame, neuf coups sonnèrent.

Comme par magie, le public se fit silencieux. Et ce calme soudain souligna la tension qui régnait dans l'église.

Enfin, surgissant de part et d'autre de l'autel, les musiciens s'avancèrent et s'installèrent devant leurs pupitres, salués par les applaudissements du public.

Quelques secondes plus tard, Loustachi apparut. D'un geste, il sembla signifier aux spectateurs que leurs applaudissements étaient prématurés ou superflus. Son attitude imposa le respect et le silence.

Alors, le chef pivota vers son orchestre et leva les mains.

Bien que relativement courte, la première partie du concert, consacrée à *Rosamunde* de Schubert, parut absolument interminable à Logicielle.

Delumeau lui-même jetait à sa collaboratrice des regards agacés qui signifiaient : que faisons-nous ici ? Dans quelle galère m'avez-vous embarqué ? Pour comble de malchance, le chef intimait souvent l'ordre de jouer moins vite et moins fort.

Pendant l'entracte, Griocek abandonna son magnétophone et reprit sa place. Logicielle rejoignit Germain qui s'entretenait avec les membres de la sécurité.

– Nous y sommes, lui murmura-t-il avec un regard de triomphe. Nous le tenons ! À condition que nous mettions au point une stratégie très précise.

Ils ne disposèrent que de quelques minutes pour l'établir. Tandis que Germain parlait avec Loustachi, et Logicielle avec Griocek, Max donna une consigne aux musiciens avant qu'ils ne reviennent sur le podium. Ils furent suivis de peu par leur chef.

Logicielle regagna la place laissée par le compositeur, qui avait rejoint son magnétophone pour surveiller l'enregistrement du concert.

Dès le premier mouvement, Logicielle dut, d'un ou deux sourires, rassurer Karim qui transpirait d'angoisse. Il n'était pas le seul, les musiciens qui attendaient d'interpréter leur partie semblaient tétanisés. Les autres jouaient nerveusement, avec de brefs regards vers Loustachi qui dirigeait, sec comme un coup de trique et droit comme un I.

Une fois achevé le deuxième mouvement de la symphonie, il n'y eut pas ces toussotements discrets ni ce léger brouhaha destinés à marquer une respiration brève. Le silence restait total. Épais à couper au couteau.

Enfin, Loustachi attaqua le dernier mouvement. Au fur et à mesure qu'approchait le fameux crescendo, la tension montait de façon presque palpable. Au moment où les musiciens entamaient la longue montée en puissance, Logicielle se leva et se planta derrière le chef. De la main, elle adressa un signe à l'orchestre… Plusieurs violonistes abandonnèrent leur archet; le flûtiste posa son instrument. Galvanisés par Loustachi qui, furieux, agitait les mains sans comprendre la raison de cette interruption partielle, les autres musiciens continuaient de jouer.

Alors, comme le tempo s'accélérait et que le son montait en intensité, Logicielle bondit sur le podium et hurla :

– Arrêtez !… Arrêtez la musique !

Meurtre en direct

Les musiciens obéirent.

À présent, ils ne fixaient plus leur chef, mais la jeune femme qui avait surgi devant eux. Loustachi fit volte-face, la découvrit enfin et la dévisagea avec un mécontentement stupéfait.

– Mesdames et messieurs, déclara-t-elle en s'adressant au public, je vous prie de pardonner cette interruption. Mais ce soir, nous avons la chance d'avoir parmi nous l'auteur de l'œuvre que vous entendez… J'ai nommé Milan Griocek !

Surpris, perplexes, les spectateurs réagirent par de furtifs dialogues à voix basse. Max alla chercher le compositeur ; Logicielle l'aida à monter sur le podium et à prendre la place du chef d'orchestre ; le public commença alors à applaudir. La silhouette pataude et maladroite du vieil homme, son sourire triste, timide et embarrassé touchèrent les spectateurs qui l'ovationnèrent.

Relégué à deux mètres de là, Loustachi ne savait plus quelle contenance adopter. Logicielle reprit d'une voix forte :

– Exceptionnellement, M. Griocek a accepté de diriger la fin de sa *Symphonie du sacre* !

Une salve d'applaudissements salua l'annonce. Cette modification créait la surprise. Seul Loustachi, incrédule, toujours immobile, semblait ne pas comprendre ce qui se passait.

– Pardonne-moi, Adolphe, chuchota Milan Griocek dans un sourire un peu confus. Ce soir, on a voulu que je te vole la vedette... Ah, peux-tu veiller au niveau de l'enregistrement ?

Logicielle conduisit Loustachi devant le magnétophone. Comme il refusait de s'asseoir, elle l'y obligea avec courtoisie, désignant les deux hommes qui se trouvaient derrière lui.

– Ne bougez pas. C'est juste l'affaire d'un quart d'heure.

Milan Griocek fixait le public avec appréhension. Son regard descendit jusqu'au premier rang, jusqu'à Liselotte. Il parut lui quémander un encouragement. Mais elle semblait pétrifiée.

Alors le compositeur se tourna vers les instrumentistes.

– Reprenons à la mesure 87, murmura-t-il. Est-ce que ça ira ?

D'un sourire plein de confiance, les musiciens approuvèrent. Le nouveau chef leva les mains...

Et le concert reprit.

Étrangement, l'orchestre jouait cette fois de façon plus détendue. Logicielle songea que le compositeur avait souvent dirigé son œuvre. À Belfort, en Braïlie ou ailleurs. En répétition. Pour souligner telle ou telle nuance. Pour expliciter ses intentions.

À présent, la symphonie déroulait sa puissante mélodie ; Griocek prenait un évident plaisir à la conduire. Une étrange complicité se tissait, de mesure en mesure, entre le vieil homme et les musiciens.

– Nous y voici, murmura Logicielle à Max, les yeux rivés sur Loustachi dont le visage était décomposé.

Enfin, l'interminable crescendo commença, et l'angoisse qui filtrait dans cette tumultueuse escalade figea les spectateurs sur leurs chaises.

Intérieurement, Logicielle comptait les mesures ; elle qui ne lisait pas la musique aurait pu, à ce moment précis, les suivre du doigt sur la partition : 111... 112... 113e mesure...

L'orchestre allait exploser quand les musiciens, d'un coup, s'arrêtèrent de jouer ! Un grand bruit de chaises surmonta alors ce silence inattendu : Loustachi avait bousculé ses voisins, renversé les sièges et bondi au loin ! Dans sa hâte, il trébucha et s'étala de tout son long sur le carrelage de l'église.

À présent recroquevillé sur lui-même, il jetait des regards effarés alentour, vers le magnétophone qui continuait d'enregistrer, vers les musiciens immobilisés, vers les spectateurs qui s'étaient levés.

Il était devenu le centre d'intérêt général.

Alors, Logicielle s'élança sur la scène pour clamer :

– Navrée, monsieur Loustachi, mais votre machine infernale n'a pas fonctionné ! Nous l'avons désamorcée pendant l'entracte. Eh oui, expliqua-t-elle au public, le magnétophone de Milan Griocek avait été truffé d'explosifs. Par Adolphe Loustachi, bien entendu ! Persuadé que son engin allait fonctionner, le coupable a voulu fuir au dernier moment pour éviter l'explosion fatale... un attentat dont M. Griocek devait être la principale victime !

Jusque-là, le compositeur avait eu du mal à se tenir debout. Il fallut lui apporter une chaise : il s'effondrait. Les yeux brouillés de larmes, il regardait tour à tour Liselotte et son plus vieil ami.

– Toi, balbutiait-il, toi, Adolphe, tu voulais me tuer ?

Dans l'église, quelques spectateurs en profitèrent pour s'éclipser ; ils en avaient assez entendu et redoutaient peut-être un mauvais coup de dernière minute. D'autres s'approchèrent.

Germain désigna le magnétophone.

– La bombe était sans doute amorcée depuis jeudi, date à laquelle Loustachi a dîné chez ses amis. Elle était prévue pour se déclencher à la suite d'un signal sonore violent. Cent ou cent dix décibels. C'est-à-dire la fin du crescendo du troisième mouvement… La 114e mesure ! Oh, nous supputions un bricolage de ce genre : pour tuer le percussionniste, l'assassin nous avait donné un échantillon de ses capacités techniques !

Loustachi se releva. Il semblait presque rassuré. Sans doute préférait-il la prison à la mort qu'il venait, croyait-il, de frôler.

À son tour, Delumeau s'avança. Logicielle ne l'avait jamais vu aussi radieux. Négligeant le public, il claironna :

– Donc, nous tenons enfin notre coupable ?

– Nous faisons coup double, commissaire, annonça Logicielle. Nous inculpons Adolphe Loustachi pour le meurtre d'Aimé Larquet, mais nous accusons aussi Liselotte Griocek d'avoir tué Constant Sylvestre.

Très pâle, la femme du compositeur se leva ; elle eut un regard de détresse vers son complice, comme pour quêter auprès de lui un conseil, un réconfort, un démenti.

– Expliquez-vous, Logicielle, lança fiévreusement Delumeau. J'espère que vous êtes sûre de vous ?

Logicielle invita les musiciens à se rasseoir. Les spectateurs massés face au podium semblaient ravi d'assister à ce coup de théâtre qui achevait le concert de façon inopinée.

– D'abord, annonça-t-elle, il faut savoir que Liselotte a dû être vite déçue d'avoir épousé Milan Griocek. Elle espérait qu'il deviendrait un compositeur célèbre. Or les bouleversements politiques des années quatre-vingt-dix ont modifié la donne. Milan a fui son pays pour s'installer en France. Et le couple n'a pu survivre que grâce à l'appui de leur ami Adolphe. M. Loustachi, lui, a mis à profit ces mêmes événements pour se tailler une place de choix dans le monde de la musique. Quand la Braïlie est née – un pays dont ses parents étaient originaires – il est devenu le chef de l'orchestre national. Il a assuré la direction de *La Symphonie du sacre* lors du couronnement de Pierre III. Mais la Braïlie était un pays trop médiocre à ses yeux. Il a surtout misé sur l'avenir de son orchestre. Liselotte a compris qu'Adolphe était l'homme qui montait. Ce qui explique leur intimité et leur complicité.

– Mais l'affaire de la 114e mesure ? interrompit Delumeau, impatient.

– Elle commence par une mort naturelle : celle d'un spectateur, Jean Marinier, au Grand Théâtre de Bordeaux, le 27 mai dernier. À ce moment-là, Loustachi et les Griocek sont en Braïlie, ils ne reviendront que le 15 juin. Peut-être Liselotte Griocek reçoit-elle là-bas la presse. Peut-être est-ce à son retour qu'elle découvre un article relatant ce fait divers banal... qui lui donne une idée diabolique ! Ce décès survenu pendant l'exécution de *La Symphonie du sacre* est inespéré, il lui faut le mettre à profit ! D'abord, elle veut des détails sur cette disparition. Elle parvient à retrouver le médecin qui a signé le permis d'inhumer.

– Le docteur Lehmann ? Vous êtes sûre ? demanda Germain.

– Oui. L'autre jour, il a évoqué une journaliste anonyme et trop curieuse. C'était Liselotte. Elle a dû être ravie d'apprendre que Jean Marinier avait été incinéré. De quoi brouiller les pistes !

– Donc, insista Delumeau, le premier vrai meurtre serait celui de Saint-Denis ? Que la coupable ait choisi la 114e mesure, bon, je comprends. Mais comment s'y est-elle prise ? Et pourquoi viser Constant Sylvestre ?

– Parce que ce grand chef représentait, pour l'ascension d'Adolphe, l'obstacle le plus gênant ! Une fois éliminé, Loustachi pourrait, en intriguant, prétendre à lui succéder au NOE.

Max fit signe que quelque chose ne collait pas :

– Mais les Griocek se trouvaient à Belfort le 26 juin, non ?

– Ils sont partis et revenus avec le car, les témoins sont formels. Seulement à peine arrivée, Liselotte repart pour Paris…

– … par avion ? coupa Delumeau.

– … par le train, rectifia Logicielle. J'ai vérifié les horaires, ils lui permettent d'être de retour à Belfort pour le concert, à vingt et une heures. Liselotte arrive donc à Paris, incognito, en début d'après-midi. Elle file à Saint-Denis où aura lieu le concert du soir. À mon avis, elle a déjà repéré les lieux. Elle sait que Constant Sylvestre range sa partition dans la sacristie. Elle connaît les faiblesses physiques du vieux chef, son terrain asthmatique et allergique. Elle pense qu'une dose d'indocétamine respirée à l'improviste peut provoquer chez lui un œdème de Quincke. Elle a l'idée de coller un sachet sous pression entre les pages de la partition. Malheureusement, elle n'a pu se procurer ce médicament qu'on délivre sur ordonnance. Et il n'est pas question qu'elle en demande à un médecin.

– Le toxicomane ! s'écria Max.

– Eh oui. Peut-être le connaît-elle déjà. Elle lui a commandé le produit. À quatorze heures, quand elle se rend à leur rendez-vous, devant la basilique où aura lieu le concert du soir, son fournisseur est hélas en retard.

Stupéfaite, Liselotte ne put s'empêcher de demander :

– Mais qu'est-ce qui vous permet d'affirmer tout cela ?

– Je sais que vous flânez dans la rue de la République, madame. Et que vous découvrez, sur l'étal d'un marchand de chaussures, des escarpins de luxe, soldés. Ils sont exactement de la couleur d'un de vos tailleurs. Et c'est votre pointure, du quarante et un. Impossible de laisser cette affaire vous échapper. Vous entrez dans le magasin et vous achetez la paire de chaussures. Juste avant de retrouver le toxicomane qui est enfin venu. Hélas, il n'a pas encore le produit. Liselotte lui montre les mille euros promis. Il comprend que c'est sérieux et urgent. Il décide de dévaliser une pharmacie sur-le-champ. Il n'en est pas à son premier essai. Et d'ailleurs, s'il vole de l'Indocid, il en profite pour rafler d'autres produits pour sa consommation personnelle.

– C'est là, Max, que vous intervenez ! interrompit Delumeau. Sur mon ordre.

– Exact ! reprit Logicielle. Le toxicomane vient de sortir du magasin. Il fuit, se mêle aux passants de la rue piétonnière pour y retrouver sa cliente. Quant à Max, il repère non pas un mais deux suspects qui correspondent au signalement qu'on lui a fourni. L'un d'eux discute avec une dame élégante ; l'autre court... c'est forcément lui le coupable ! Alors il fonce, bouscule au passage Liselotte Griocek qui lâche sa boîte à chaussures.

– C'était donc Mme Griocek ! s'exclama Max. Et je ne l'ai même pas reconnue, l'autre jour, dans la rue… ni au concert !

– Normal, tu étais surtout préoccupé par ton malfaiteur et le choc a été si rapide ! Tu renverses et blesses Karim en croyant appréhender le voleur. Vous connaissez la suite.

– C'est ma suite que je connais ! rectifia Karim, son basson encore à la main. Mais Liselotte ? Et le drogué ?

– Liselotte a ce qu'elle désirait : l'indocétamine. Récupérer la chaussure qui lui manque ? Délicat, l'escarpin est entre les mains de Max et des policiers de la brigade qui l'ont rejoint ! Elle s'empresse de gagner la basilique, se mêle à la foule, gagne la sacristie et effectue sa manipulation sans qu'on la remarque. Le dispositif est en place. Elle quitte Paris et rejoint Belfort en début de soirée. Là-bas, on sera persuadé qu'elle a flâné en ville tout l'après-midi.

– Mais j'ai flâné à Belfort tout l'après-midi ! lança Liselotte dans un sursaut de révolte. Comment pouvez-vous supposer que j'étais à Paris ? Et que j'ai manigancé le stratagème qui a tué Constant Sylvestre ?

– J'ai une preuve, madame, répliqua Logicielle. Ceci.

Elle sortit l'escarpin de son sac.

Liselotte blêmit avant de hausser les épaules en jetant :

– Je ne comprends pas.

– C'est pourtant clair : cette chaussure a été abandonnée par celle qui a échangé l'indocétamine contre mille euros. C'est-à-dire la meurtrière de Saint-Denis. Imaginez que grâce à mon mandat d'amener, on retrouve le pied droit chez vous...

Cette fois, Liselotte écarquilla les yeux de stupéfaction.

– ... et qu'on vous confronte, pour supplément de preuve, avec le marchand de chaussures. Je suis sûre qu'il se souvient de vous.

– Et pourquoi ne me confrontez-vous pas avec le toxicomane ? rétorqua-t-elle. Lui devrait se souvenir de moi et je suis certaine...

– ... qu'il ne pourra plus témoigner puisqu'il est décédé ! Et vous le savez très bien, car vous l'avez lu dans les journaux. Mais loin de vous servir, la mort de ce drogué prouve aussi votre culpabilité.

Liselotte ne comprenait pas. Logicielle déclara :

– Car il n'a pas eu le temps de dépenser les mille euros qu'on a retrouvés sur lui ! Mille euros que vous avez retirés de votre compte le 26 juin à 9 h 17 au guichet-distributeur de la gare de Belfort. J'ai vérifié, bien sûr.

Dans son coin, Germain jubilait. Il approuvait et, du regard, encourageait son ancienne stagiaire à continuer.

– Liselotte et son complice Adolphe sont sûrement très étonnés, le lendemain, de découvrir que la presse annonce le décès de Constant Sylvestre sans parler de meurtre. La mort du chef a-t-elle pu passer pour naturelle ? Personne n'aurait donc remarqué le sachet collé entre les pages de la partition ? La police n'a donc pas effectué le rapport entre les deux meurtres de la mesure 114 ? Cela pousse Loustachi à ajouter une nouvelle victime à la liste.

– Le percussionniste ! acheva Delumeau. Pourquoi lui, cette fois ?

– Ce pourrait être quelqu'un d'autre, en effet, admit Logicielle. L'essentiel pour les deux complices étant, si j'ose dire, de noyer parmi d'autres le meurtre de Constant Sylvestre. Pour faire croire à l'action d'un serial killer. Par ailleurs, l'impunité du premier crime et la facilité avec laquelle il a été commis encouragent Loustachi. Le chef a, dans son orchestre, un musicien médiocre, maladroit, dont il aimerait se débarrasser. Difficile de le renvoyer car il est apprécié de ses camarades. C'est aussi la victime rêvée pour une raison d'ordre purement orchestral.

– Que voulez-vous dire ? demanda cette fois Griocek.

– Le triangle est un instrument peu utilisé. Il intervient dans votre symphonie pour la première fois à la 114e mesure. C'est inespéré ! De plus, les farces dont Aimé Larquet est souvent l'objet donnent à Loustachi l'idée d'une mise en scène macabre. Pour agir, il choisit un jour où Liselotte disposera d'un solide alibi.

– Habile ! grommela Delumeau. Si la police finit par avoir des soupçons sur elle ou sur lui, aucun d'eux ne passera pour suspect puisque nous croyons avoir affaire à un assassin unique. Nous sommes donc le 30 juin, à Aulnay-de-Saintonge ?

– Pas encore. À mon avis, Adolphe Loustachi a préparé son coup la veille. Pendant la nuit, il s'est rendu à Aulnay, a branché un câble sur la ligne qui passe à quarante mètres de l'église. Bien sûr, il l'a enroulé puis dissimulé dans le faîte du platane voisin. Il a aussi pratiqué une petite ouverture dans un vitrail.

– Mais ce câble, interrompit Germain, il a bien fallu qu'il le mette en place !

– Oui. Sans doute Loustachi profite-t-il, le lendemain 30 juin, du moment où ses musiciens transportent le matériel et les instruments dans l'église. Ou celui pendant lequel ils s'installent et accordent leurs instruments pour répéter. Il est alors plus de seize heures. Le guide a terminé ses visites ; plus personne ne passera derrière l'église. En quelques minutes, grâce aux chaussures spéciales qui lui ont déjà servi à grimper au poteau électrique, Loustachi récupère son câble, le déroule jusqu'à l'ouverture du vitrail.

– D'accord, approuva Germain. Il fait passer le câble par là...

– Puis il rentre dans l'église rejoindre ses musiciens, mais il se garde bien de tirer ce câble sur le sol. Il le laisse au contraire au bas du vitrail, parmi les statues.

Dans l'orchestre, c'est Line qui s'exclama :

– Voilà pourquoi aucun d'entre nous ne l'a vu !

– Exactement ! Même pendant l'entracte, aucun câble ne court encore sur le sol, confirma Logicielle. J'ignore quand le chef a trouvé l'occasion d'installer sous la caisse la boîte de dérivation et de nouer autour des deux parties du triangle les fils électriques.

– Il a pu agir la veille, rue Blanche ! expliqua Line. Aimé avait beaucoup de matériel, pourquoi aurait-il vérifié à chaque instant la présence de ses instruments dans ses caisses ? Mais qui a effectué le branchement final ? Et quand ?

– Loustachi, pendant l'entracte, répondit Logicielle.

– Impossible ! s'écria Line. À ce moment-là, nous nous trouvions tous dans l'abside, avec le matériel rangé derrière l'autel, jusqu'à ce que le concert reprenne !

– Certes, reprit Logicielle, mais l'entracte achevé, vous contournez l'autel pour monter sur le podium, face au public.

– Le chef reste alors seul ! s'exclama Max, admiratif.

– Parfaitement. Il dispose d'une ou deux minutes, pendant lesquelles on applaudit le retour des musiciens qui s'installent, qui réaccordent leurs instruments.

– Seul Loustachi peut agir à ce moment-là ! lança Germain.

– Oui. Et une ou deux minutes lui suffisent pour récupérer le câble au bas du vitrail, le tirer jusqu'à la boîte du percussionniste et y brancher les deux fils sous la caisse posée derrière l'autel. Le dispositif est en place, Loustachi peut faire son entrée. On l'applaudit. La seconde partie du concert commence. Et une heure plus tard, pendant la brève pause séparant le deuxième du troisième mouvement de *La Symphonie du sacre,* Aimé Larquet récupère la caisse où se trouve son triangle. Il sourit en apercevant les fils. Il songe à une farce ; mais il n'a plus le temps de défaire les nœuds. À la fin du crescendo, il frappe le triangle avec la tige…

Loustachi eut un bref ricanement.

– Et ce message anonyme, adressé le lendemain à l'AFP ? demanda Delumeau.

– Il fallait que la presse accrédite la thèse des meurtres en série, expliqua Logicielle. Et que la police soit orientée vers une fausse piste : un serial killer, en effet, aime la publicité. L'ennui pour nos deux complices, c'est qu'ils ont pris goût à leur petite activité. Face au piège de ce soir, ils n'ont pas résisté à l'envie de recommencer.

– En visant Milan Griocek ! murmura Jacques Deitte.

Le premier violon du NOE s'était approché. Cette dernière tentative d'assassinat lui était aussi odieuse que le meurtre perpétré sur son chef d'orchestre. Quant au compositeur, il murmura en fixant sa femme et son complice :

– Peut-être aviez-vous raison ; ma mort était une bonne solution. Désormais, que m'importe de vivre ?

– Il le faut, affirma Jacques Deitte en posant sa main sur l'épaule du vieil homme. Votre *Symphonie du sacre* est un grand succès. Et l'orchestre Loustachi survivra sans son chef.

Il y eut un moment de flottement. La première, Line réagit en levant son archet vers ses camarades :

– Le public n'a pas pu entendre la fin de cette œuvre. Je propose que nous reprenions exactement là où nous nous sommes arrêtés, à la mesure 115. Qu'en pensez-vous ? Vous y êtes ?

Delumeau faillit protester. Le moment paraissait mal choisi. Germain dissuada son collègue d'intervenir ; déjà, spectateurs et musiciens reprenaient leurs places.

Quelques policiers en civil firent mine de saisir Liselotte et son complice pour les entraîner à l'extérieur. De sa voix impérative, le chef d'orchestre protesta :

– Vous permettez que j'assiste au moins à la fin de mon concert ?

Jamais l'orchestre, dirigé par Line depuis sa place de violoncelliste, n'avait joué avec une telle maîtrise ni une aussi poignante émotion. Griocek écouta le finale en sanglotant. Seule Liselotte ne prêta aucune attention à la musique. Assise à côté de Logicielle, fascinée par l'escarpin rose que l'inspectrice avait en main, elle semblait plus perplexe que préoccupée. Enfin, n'y tenant plus, elle se pencha vers sa voisine pour lui chuchoter :

– C'est vrai, j'ai conservé l'autre pied ! Mais… comment pouviez-vous être si sûre de le trouver chez moi ?

– Parce que je crois que j'aurais fait comme vous, avoua Logicielle. Votre coquetterie vous a perdue, madame Griocek. Il ne fallait pas acheter ces chaussures à Saint-Denis. Ni perdre l'un des pieds. Et surtout ne pas garder l'autre. Avouez que c'était imprudent !

– Je sais. Mais je ne pouvais me résoudre à mettre à la poubelle ce superbe escarpin tout neuf. Il est beau, n'est-ce pas ?

Logicielle approuva et posa l'escarpin sur la robe de Liselotte. C'était exactement le même rose. Un vrai miracle.

– Je vous le rends, dit Logicielle. Il est à vous, vous l'avez payé.

Liselotte caressa le cuir, songeuse, en soupirant :

– C'est une paire qui m'aura coûté très cher.

Dernière note

En raccompagnant le compositeur chez lui, Logicielle découvrit une feuille posée bien en évidence sur le piano. Elle s'en saisit, demanda :

– Monsieur Griocek, est-ce vous qui avez laissé ce message, hier matin, avant de quitter votre studio ?

– Non... Non, j'en suis certain. Pourquoi ?

– Parce que je crois reconnaître votre écriture. Et puis cette phrase est rédigée dans une langue que je ne comprends pas. Accepteriez-vous de me la traduire ?

Le compositeur écarquilla les yeux. Il bredouilla :

– Oui. On a imité mon écriture, en effet. Il... il est écrit : « Je suis responsable de tout. Je te demande pardon, Liselotte. Je préfère en finir. » Qu'est-ce que cela signifie ?

– Que votre ami Loustachi était un individu encore plus sordide que nous ne l'imaginions.

Car il est bien passé vous prendre hier matin, n'est-ce pas ? Eh bien en quittant votre studio, il a posé cette feuille sur le piano, à votre insu. Si bien que l'attentat dans lequel vous deviez mourir aurait passé pour un suicide. En même temps, en révélant être sinon l'auteur, du moins le commanditaire des assassinats, vous effaciez définitivement les soupçons qui auraient pu peser sur Loustachi ou votre épouse.

♮

De retour au commissariat, Logicielle eut la surprise de croiser Jacques Deitte.

– Votre ami Max m'a donné rendez-vous, expliqua-t-il. Hier, j'aurais voulu m'entretenir avec l'un des musiciens de l'orchestre Loustachi, mais leur car est reparti trop vite.

– Et mon collègue vous a dit de venir ici ?

Elle n'en revenait pas. En voyant entrer Max accompagné de Karim, le violoniste, radieux, se tourna vers elle.

– Oui ! Et c'est justement ce jeune homme que je souhaitais rencontrer.

Karim semblait très intimidé. Jacques Deitte lui serra la main avec chaleur avant de le prendre familièrement par les épaules.

– Jeune homme, vous m'avez beaucoup impressionné, hier. Votre façon de jouer n'est pas du tout conventionnelle. Il y a une liberté, une aisance, un phrasé qui... quels ont été vos professeurs ?

– Ceux du conservatoire de ma banlieue : Aubervilliers, répondit Karim d'une voix blanche.

– Aubervilliers ? Je comprends tout ! Sa renommée est nationale.

– Et Karim est sorti avec le premier prix ! précisa fièrement Max.

– Oh, jusqu'ici, j'ai surtout joué dans un orchestre de variétés.

Le premier violon ne sembla ni surpris ni choqué.

– Voilà, annonça-t-il en devenant presque timide à son tour, en attendant que le NOE possède un chef, j'ai été chargé de recruter un second bassoniste. Vous savez comme il est difficile d'en trouver ! D'autre part, vous avez un instrument superbe. Sa sonorité est exceptionnelle. Il est ancien, n'est-ce pas ? D'où vient-il ?

– Oh, c'est un cadeau ! révéla Karim en se tournant vers Max.

– Un cadeau ? Mais non, Karim, c'est un bien de famille. Ce basson a toute une histoire ! répondit Max en lui jetant un regard complice.

– Vraiment ? Je serais content de la connaître, dit Jacques Deitte.

– Alors là, répondit Karim, elle risque d'être longue à raconter.

Dans l'après-midi, Delumeau annonça comme prévu à Max qu'il n'était plus question de blâme. Mais quand le coéquipier de Logicielle vint la trouver dans son bureau, il était furieux. Elle s'étonna :

– Comment, tu n'es pas content ? Tu n'as pas ce que tu voulais ?

– Non ! Le commissaire m'a averti qu'il m'interdisait désormais d'utiliser ma moto dans le cadre du service. Pire, il m'a inscrit d'office dans la nouvelle unité d'îlotage roulant.

Logicielle avait vu passer l'information dans une récente note de service. Elle la sortit de son tiroir, la parcourut des yeux.

– L'équipe du brigadier Pascal Fubini ? Celui qui apprend à une trentaine de policiers à se déplacer... en rollers ?

– Exactement, bougonna Max. Tu parles d'une promotion ! Je passe du statut de flic à moto à celui de flic à roulettes. Et puis il y a aussi ce courrier, qui est arrivé ce matin.

Logicielle reconnut le tampon de la ville de Bergerac.

– Eh ! protesta-t-elle, mais cette lettre m'était adressée ! Tu l'as ouverte ?

– Oui. Et j'en ai appris de belles sur toi, Logicielle. Ah, tu peux donner des leçons de morale aux autres ! Mais tu n'es pas si innocente que ça. D'abord, tu commets les mêmes infractions que moi. Et puis tu sors avec quelqu'un d'autre le soir ! Si, si, j'en ai la preuve : une photo. Il y a même la date et l'heure, le 30 juin à vingt-deux heures trente. Et qu'est-ce que vous avez l'air heureux, tous les deux !

Logicielle n'y était plus du tout. Comme Max ne voulait pas lui donner la lettre, elle se jeta sur lui. Mais il bondit de l'autre côté du bureau. Ils jouèrent pendant quelques minutes au chat et à la souris en bousculant le fauteuil et les chaises.

– Donne ! Mais enfin, donne-moi cette photo, Max ! C'est à moi que Germain l'a envoyée !

Alerté par le boucan, Delumeau fit irruption dans la pièce. Les deux coupables s'immobilisèrent.

– C'est elle qui a commencé, chef ! dit Max en la montrant du doigt.

Elle en profita pour lui arracher le cliché des mains. Un cliché en noir et blanc, plutôt médiocre. Il la représentait de face, en compagnie de Germain qui conduisait. Tous deux étaient très souriants, presque hilares.

C'était la photo prise par le radar, sur l'autoroute, quand Logicielle et l'inspecteur fonçaient vers Aulnay-de-Saintonge.

Ils roulaient quand même à cent soixante-huit kilomètres à l'heure...

L'AUTEUR

Christian Grenier est né à Paris en 1945. Depuis 1990, il vit de sa plume dans le Périgord.
En 1993, sa fille le met au défi d'écrire un polar. Il décide de la mettre en scène déguisée en lieutenant de police stagiaire, dans un « roman policier en cinq actes », *Coups de théâtre,* où lui-même apparaît en inspecteur vieillissant. Ainsi naissent Logicielle et Germain Germain-Germain. Encouragé par ses lecteurs (et par sa fille !) il récidive avec *L'Ordinatueur,* où Max se révèle un adjoint fidèle, attachant et... possessif.
Depuis, la jeune informaticienne mène enquête sur enquête entre Paris et Périgord, dans l'histoire (*Mort sur le Net*), dans le milieu de l'informatique (*Big Bug, @pocalypse*), des orchestres symphoniques (*Arrêtez la musique !*), sur le Net (*@ssassins.net*), sur l'île de la Réunion (*Simulator*), un paquebot de luxe (*Hacker à bord*) et dans un futur menacé par le changement climatique (*Cinq degrés de trop*).
Pour en savoir plus sur Christian Grenier, visitez son site sur :
http://www.noosfere.com/grenier

DU MÊME AUTEUR

LES ENQUÊTES DE LOGICIELLE

@ssassins.net
Pour démasquer un assassin trois siècles après son crime, Logicielle plonge dans un jeu fascinant infiltré par des tueurs bien réels...

Big Bug
Pour résoudre le crime d'un informaticien génial, Logicielle pénètre dans un monde insoupçonné.

Cinq degrés de trop
En participant à un voyage virtuel en 2100, Logicielle enquête sur l'avenir de la planète.

Coups de théâtre
Lorsque le rideau se lève sur l'actrice étendue par terre, un poignard dans le dos, Logicielle craint le pire.

Des nouvelles de Logicielle
Quatre enquêtes où Logicielle fait preuve de maestria face à des meurtriers qui croient avoir commis le crime parfait…

L'Ordinatueur
Un ordinateur ultra-moderne peut-il être programmé pour tuer ? Logicielle risque sa vie face à la terrible machine.

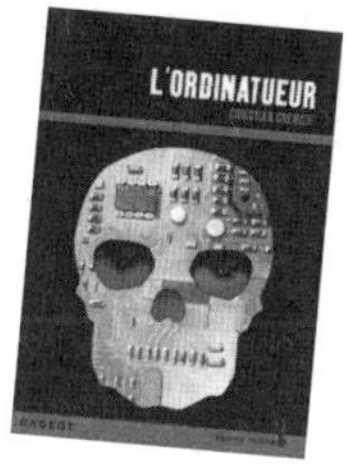

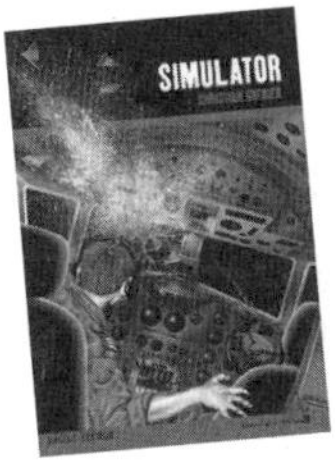

Simulator
Un ordinateur nouvelle génération, Simulator, emmène Logicielle à la Réunion…

Mort sur le Net
Une épée surgie du passé entraîne Logicielle sur le Net…

Hacker à bord
Logicielle assure la protection d'un richissime industriel du secteur informatique lors d'une croisière de luxe…

Retrouvez tous les titres de la collection

Heure noire

www.rageot.fr

et

www.livre-attitude.fr

PAPIER À BASE DE FIBRES CERTIFIÉES

RAGEOT s'engage pour l'environnement en réduisant l'empreinte carbone de ses livres. Celle de cet exemplaire est de : 844 g éq. CO_2 Rendez-vous sur www.rageot-durable.fr

Achevé d'imprimer en France en novembre 2013
sur les presses de l'imprimerie Hérissey à Évreux
Dépôt légal : octobre 2004
N° d'édition : 5997 - 07
N° d'impression : 121367